夜半の鐘声

芹川維忠
Serikawa Koretada

アーク・コミュニケーションズ出版部

はじめに

書斎に一冊の古典がある。その頁を開くたびに、どこからか悠悠たる鐘の音が聞こえてくる……。

それは鐘声にまつわる物語が、私の魂をずっと震わせ続けているからだ。これからその鐘声を頼りに歴史の扉を開き、輝ける今を見つめ直してみたいと思う。

鐘声は、唐代の詩人張継《ちょうけい》の『楓橋夜泊《ふうきょうやはく》』から聞こえてきた。

月落烏啼霜満天
江枫渔火対愁眠
姑苏城外寒山寺
夜半钟声到客船

月《つき》落《お》ち烏《からす》啼《な》いて　霜天《しもてん》に満《み》つ
江楓漁火《こうふうぎょか》　愁眠《しゅうみん》に対《たい》す
姑蘇城外《こそじょうがい》　寒山寺《かんざんじ》
夜半《やはん》の鐘声《しょうせい》　客船《かくせん》に到《いた》る

蘇州「寒山寺」の壁

この中国古代の名詩は、日本でも広く親しまれている。

掛け軸や詩吟、教科書で知った方も多いだろう……だが、なぜこれほどまでに広く知れ渡ったのか？

これからその疑問を胸に、この物語を進めていきたい。

物語の最後に、納得できる答えを見つけ出せれば幸いである。

目次

カバーデザイン・本文DTP…BookWay
カバー・扉写真（第一部＝蘇州・寒山寺　第二部＝青梅・楓橋）…AdobeStock
第一部 寒山篇 本文中写真…穂波宗翰
第二部 拾得篇 本文中写真…著者
編集協力…水野秀樹（みなかみ舎）

第一部　寒山篇

一

ゴーン、ゴーン、ゴーン……！

心に沁みる夜半の鐘声が、天空の彼方から降り注ぐがごとく鳴り響いた。これは、姑蘇《こそ》城外（現在の中国江蘇《こうそ》省蘇州《そしゅう》市郊外）の古刹「寒山寺」の鐘の音。時はまさに1944年申《さる》年の大みそか。108回の鐘が鳴り終わると同時に1945年の酉《とり》年を迎えた。

時をほぼ同じくして、蘇州市南にある「聖パウロ教会医院」の分娩室から「おぎゃーっ」と産声があがった。仮死状態で産まれたその赤子は、医者に力いっぱい尻を叩かれ、ようやく耳をつんざくような奇妙な泣き声をあげた。誠に恥ずかしながら、それがこの世に降り立った私の第一声であり、平凡で耳障りな人生のファンファーレでもあった。

大人になりかけた頃、私はようやく108回目の鐘の余韻が残る間は申年、その後が酉年になることに気づいた。私が生まれたのは、ちょうど108回の余韻が消えるか否かの境目。となれば、産声をあげた時点でどちらの干支になるかが決まる。医者がタイミングよく尻を叩き、命を救ってくれたおかげで、私は申年生まれになった。そしてサルゆえに自由にあちこちを跳ね回り、宿願を果たせたのだ。

幸せな子ども時代の一番の思い出といえば、母と動物園に行ったことだ。なかでも最も忘れがたいのが「猿山」だ。遠くでサルの兄弟たちが楽しそうに跳ね回るのが見えた。母ザルと父ザルはその傍らで、一心不乱に子ザルのノミ取りをしている……その時、私は隣にいる母の顔を盗み見た。

あれ？　目に涙が光っている。うっかり目が合うと、母は微笑んでさっと涙の痕をぬぐい、私の坊主頭をなでた。

その時、不意に、頭皮と心が熱を帯びた。それは、大人たちが言うところの母性愛を感じたからだろう。しかも母は私と同じ申年だ。猿山の光景に、互いの姿を重ね合わせるのは自然なことなのかもしれない。

幼い頃は「寒山寺」が大みそかに108回の鐘を鳴らす理由など知るよしもなかった。だがその長く神秘的な鐘声が私を中年に引き留め、飽くなき探究心とそれを支える能力を与えてくれたことに感謝している。

二

私の探究心と思慕は、よく夢という形になって現れた。

幼い頃は、数隻の船が波を切るようにして追いかけ合う光景を夢に見た。それには子どもらしい豊かな想像もふくまれていた。先頭の船が「寒山寺」の108回の鐘声を満載しているのには、どんな意味があるのだろう？　ぴったり後をついてくる船には、なぜ無言で涙ぐむ母が乗っているのだろう？　しかもその後ろには、恋しくてたまらない父の姿が見える……。

父さん、どこにいるの？　はっと目覚めた私は、寝返りを打って母に抱きついた。その顔を見上げて、声にならない叫びをあげる。

「子ザルにだって父親がいるのに、どうして……どうして僕は一度も父さんに会ったことがないの？」

母は私の額にキスした。涙が顔に一滴こぼれ落ちた。それはそのまま頬を伝い、口元に流れ……うっ、ちょっとしょっぱい。胸に切ないものがこみ上げ……私はとうとうこらえきれず泣きだした。

「うぇーん……母さん……父さんの夢を見たんだ。でも……どうして父さんは何も話そうとしないの？」

「良い子だから、泣かないで。母さんが……父さんの話をしてあげる。あのね、おまえの父さんは……」

父の物語は、叔父のエピソードから始まる。叔父の趙文栄《ちょうぶんえい》は、母のたった一人の弟だ。その頭脳明晰で端正な顔立ちの若者は、子どもの頃から中国将棋が大の得意だった。彼は十七歳になると、上海《しゃんはい》市北四川路《きたしせんろ》（現在の四川北路《しせんきたろ》）の「新亜飯店《しんあはんてん》」で給仕として働き始めた。

北四川路と言えば、当時は上海市虹口《ほんこう》地区の日本租界（清国末期以来の外国人居留地の一つ）に隣接していた。しかも、日本軍の司令部は目と鼻の先だ。つまり日本の居留民や兵士が多数行き交う場所だった。必然的に日本料理店が誕生した。とりわけ、ホテル内にある新亜飯店は、上海を代表する超一流店だった。

ハンサムで目端の利く叔父は店の主人に気に入られ、しばしば個室のお客様、特に失敗の許されない軍関係者への応対を任された。

その日の夕方、二階の貴賓室を二人の日本人将校が訪れた。その日に限って、おしゃべり上手な「おばさん」が休暇を取っていた。機転を利かせた店主は、代わりに給仕を叔父に任せた。

叔父は優秀ではあったが、なにぶん経験が浅い。いざとなると、どうにも心細い。それでも叔父は、必死で心を静めた。注意深く接客マナーを頭に叩き込み、ベテランホールスタッフの「目を配り、耳を澄ませよ」という教えを胸に刻んだ。

眼前の貴賓室では、凛々しい軍服姿の日本人将校が酒を酌み交わしていた。すでに酔いの回った二人は、次第に気が緩んできたようだ。二人のうち年かさの将官のほうは酒量がそれほどでもないのか、舐めるようにちびちびと酒を味わっていた。一方、若い佐官は、豪快に酒杯を重ねている。

しばらくしてほろ酔い気分の青年佐官が言った。

「真珠湾の開戦以来、わが軍は思うに任せぬ状況が続いております。これでは、一寸先は闇ですぞ！　あの時、南下を避け、北進してドイツ軍と手を組み、ソ連を挟撃していれば……」

将官はしばし考え込み、鷹揚な態度を崩さぬまま答えた。

「うむ。軍人にとって、命令と服従は絶対だ。お前も無粋な話は止めて、酒を楽しめ」

年若き部下は、酒で気が大きくなっていた。

「いやいや。大日本帝国軍人の務めは、敵を打ち破ること……ヒック⁉」

しゃっくりをした拍子に体がブルッと震えた時、ちょうど酒を運んできた叔父とぶつかった。

叔父は、ひっくり返りそうになるお盆を慌てて支えた。すると今度は逆に徳利が倒れて酒が飛び散り、正面に座っていた将官にかかった。

佐官は激高して、罵声を浴びせた。将官は泰然として頬をぬぐい、手を振って佐官を制した。

「いやいや、構わん」

騒ぎを聞きつけた店主が大急ぎでやって来て、平身低頭して謝った。

将官は給仕係をまじまじと見た。その太い眉に大きな目、どこかで見たような?

叔父は温和で慈悲深い将官の表情を見て、安堵の溜息を漏らした。

父にまつわる物語を聞いた私は目をぱちくりさせ、あれこれ思いを巡らせた。お話に出てくる店主や客……一体そのうちの誰が僕の父さんなの?

母は私の思いを察したのか、にこにこして言った。

「うちのかわいこちゃん、もう真夜中よ。お話も半分夢うつつ。やっぱり今日は寝ましょう。お昼にもたっぷり時間はあるわ。またゆっくり話しましょう。ね？」

私がふくれっ面をすると、母はニコッとして指切りをしようと小指を差し出した。私はさっと手を伸ばし、そのまま母の腕をつかんだ。

私はゆっくりと目を閉じた。母にしがみつき、朦朧としながらまた夢の世界を追いかけ始めた。

三

幼子はあっという間に眠りについた。だが、その隣で母は、なかなか寝つけずにいた。

息子の言葉が魔法の鍵のように、心の奥底に隠してきた思い出の宝箱を開いたためだ。

上海新亜飯店で弟の窮地を救ってくれたあの将官、当時の日本陸軍少将細川三郎が息子の実の父親だった。

だが母は迷っていた。まだ幼い息子に、何をどう話せばいいのだろう？

もう少し大きくなってから打ち明けるべきだろうか？

私はずっと後になってから、母がかわいい息子のために一人で苦しみに耐え、涙していたことを知った。母は心の中ではいつも父を想い、何度も父と過ごした日々を反芻していた。


上海北四川路。日本軍司令部。

副司令官の小林中将が、細川少将に「任命書」を手渡していた。それは「任期満了につき除隊のうえ、軍需省所管企業の日華精糧《にっかせいりょう》株式会社理事長として年内に着任せよ」と命ずる内容だった。

これに驚いた細川は、体《てい》のいい厄介払いだろうかと考えた。彼は任命書を受け取ると、硬い表情で敬礼をした。

「細川君、君の部下の言動には、目に余るものがある。今後は、くれぐれも気をつけたまえ」

部下の不用意な発言が、上官である細川の監督責任として問われたのである。

「ご叱正、誠に痛み入ります。中将のお教えは、一生忘れません」


夜のとばりが下り、あたりは静けさに包まれた。「新亜飯店」二階の個室は、ひっそりとしていた。

細川が、一人で酒をあおっている。故郷や親兄弟を想うと、杯を重ねるほどに虚しさが募った。

酒を運んできた給仕の顔を見て、細川はハッとした。どこかで見た顔だと思ったら、うちの弟に似ていたのか……。

何となく言葉を交わすうちに、細川はその給仕が趙文栄という名で、両親は近郊に住み、姉は南京《なんきん》で働いていると知った。一家は手紙のやりとりだけでつながっているようだ。

「家族が離れ離れか」と、細川は感慨深げに呟いた。

四

戦況が緊迫し、軍需省も慌ただしさを増した。

丈の長い中国服を着た細川は中国商人そのものの姿で、人々の間を駆けずりまわっていた。

その時、軍からの使者が細川に駆け寄って敬礼すると、さっと電報を差し出した。

目を通した細川は、愕然として声もなく椅子にへたりこんだ。

そこには「奥方が病気のため逝去。気を確かに、なお一層軍務に励まれよ」という旨が記されていた。

軍職を追われたうえ、妻を失う不幸に見舞われた細川は、悄然と頭を垂れた。

それでも彼は元職業軍人の名に恥じぬよう、猛然と立ち上がった。机の前の窓を開け、深呼吸を繰り返しながら、遥か彼方を眺めた。

ずっと眺めていると、厚い雲の向こうに富士山の姿が……さらに、あれこれ思いを巡らせていると、故郷新潟の田園風景が頭に浮かんだ。黄金色に染まる稲穂、楽しげに笑いながら働く農民、はしゃぎ回る子どもたち……。

細川はポンと額を叩いた。不意に、良い考えが浮かんだ。彼は慌ただしく机に戻り、公用便箋を広げて「特需糧食計画書」を一息に書き上げた。


小舟がゆらゆら漂う濁った河。中国江蘇省南部の河川は、戦乱の中で荒れ果てていた。

河面を疾走する食糧輸送船の一団が汽笛を鳴らし、滞留するさまざまな色の舟を蹴散らした。船首に立つ細川は、周辺の動きを注意深く見守っていた。

不意に、正体不明の武装勢力が、河岸から船隊に向けて銃撃してきた。警護役の日本軍は一応の反撃を試みるものの深入りはしない。だが、その時、ただ一人、守備範囲の外にいた細川の左腕に流れ弾が当たり、血が噴き出した……と同時に脚にも違和感を覚えた。細川は片足を引きずりながら慌てて船内に戻り、手当てを受けた。

輸送船が河岸に着くと、作業員たちが忙しく立ち働いていた。しばらくすると船荷の糧食入り麻袋を満載したトラック数台が、南京城門へ向けて走りだした。

南京城門の両側には、日本軍の歩哨が厳めしい顔で立っていた。

トラックが城門に近づくと、細川は窓から通行証を出して歩哨に見せた。すると兵を連れた佐官が飛び出してきて、直立不動で城内に向かう細川を見送った。

五

南京城の内側では、人々が慌ただしく行き交っていた。時折、身なりの良い人々が、大通りを行く日本の憲兵の隊列に会釈をして通り過ぎる。

「聖パウロ教会医院」の正面玄関では、日本軍の負傷兵が数名騒いでいた。細川はトラックにまっすぐ兵営の倉庫へ向かうよう指示すると、みずからは杖を頼りに彼らの所へ行き、力になることを約束し、彼らを連れて病院に入った。

院内は混雑していた。中立国の西洋人であるジョージ院長は側近を呼ぶと細川を特別室に案内し、後遺症に悩まされることがないよう、しっかり治療を受けるようにと告げた。その間に看護師長が若い看護師を伴ってやって来て、こまごまと指示を出した。

細川は、その大きな瞳の若い看護師に目を留めた。どこか見覚えがある気がして、挨拶がてら名前を尋ねた。趙という名を聞いた細川は、呟き込むように自分にも上海に趙文栄という若い友人がいると話した。

するとすると看護師はぱっと目を輝かせて、同姓同名の弟がいると答えた。

なんという偶然だろう！　その大きな瞳の趙愛貞《ちょうあいてい》という名の娘は、上海新亜飯店の給仕の姉だったのだ。

二人はすぐに昔からの友人のように打ち解け、言葉を交わすようになった。

「つい先日も、弟から手紙が来て『驚いた』と書いてありました」

「これも何かの縁だね。『禍転じて何とやら』というやつだ」


愛貞は病室で、細川の点滴を換えた。

廊下では、点滴を下げた彼が乗る車椅子を押した。細川は嬉しそうに、何度も彼女の顔を見上げた。愛貞も律儀に誠実な微笑みを返した。

すれ違う日本の傷病兵たちは、その光景を羨ましそうに眺めながら、細川に会釈して道を譲った。

道の脇には高さがふぞろいの街路樹が立ち並んでいる。びゅうびゅう鳴る晩秋の風が、枯れ葉をさあっと吹き飛ばした……。

六

蘇州城南東にある葑門《ふうもん》からは、キリスト教会の尖塔が見える。

京杭《きょうこう》大運河（北京と杭州を結ぶ運河）をまたぐ覓渡橋《みときょう》の畔には、二列に渡って機械音が鳴り響く工場が立ち並んでいた。その正門には、六朝楷書《ろくちょうかいしょ》で書かれた「日華精糧株式会社」という立派な看板が掛かっている。周辺は緑に覆われ、内水が流れていた。

河沿いを少し行った所に、庭園を備えた「天賜荘《てんちそう》」という小さな建物があった。中国風でも西洋風でもない、一風変わった建物だ。正門は城南《じょうなん》の十梓街《じゅうつうかい》三十二号、裏門は「望星橋《ぼうしんきょう》」南堍《なんとう》十四号に面している。つまり水陸両方に面し、四方八方に通じる場所ということだ。


季節はまさに真冬。河面も凍結している。

一葉の小舟が、氷を砕きながらやってきた。

細川は上機嫌で、つるはしで氷を砕く助手数名を指揮している。

船内から趙家の姉弟が時折、顔をのぞかせ、細川に笑顔で話しかける。

「理事長、お疲れ様です！」

「いやいや、皆もご苦労」

細川が顔をあげると、汗が滝のように流れた。彼は無意識のうちに、傷の癒えた左腕をさすった。


氷を砕きながら進む一葉の舟は、ゆっくりと「望星橋」南挽十四号河岸の石段に近づいた。細川たちは次々と岸に上がり、裏門から「天賜荘」に入った。

建物の入口には「精糧工場医務室」という木の札が掛かっていた。文字は小さいものの、やはり工場正門の看板とそっくり同じ六朝楷書で書かれていた。姉弟は顔を見合わせ、しきりにその文字を褒めそやした。

「どうしたんだい？　そんなにその字が、珍しいかい？」

細川が、横から興味深そうに口を挟んだ。

弟が勢い込んで答えた。

「僕は将棋好きなものですから、駒の書体が気になって仕方ないんです。しかしこの字ほど素晴らしいものは、見たことがありませんよ！」

「ええ、本当に。工場の表札とこの文字……同じ方の筆跡のようですね。ベテランの漢方医さんなんかより、ずっとお上手ですわ」

姉は穏やかに、その文字を褒め称えた。

「いやいや」

細川は照れくさそうに言った。

「じつは私が見よう見まねで書いたもので……いやはや、お恥ずかしい」

「え⁉」

姉弟は驚きの声をあげた。そしていたずらっぽく、早口でまくしたてた。

「理事長は、中国語も書も完璧ですね。私たち姉弟など足元にも及びませんよ」

「とんでもない」

細川も冗談めかした口調で応じた。

「愛貞さん、あなたこそ真の勝者ですよ。今この瞬間から、あなたがこの医務室の主になるんですから！」

愛貞は思いがけない抜擢に驚いたようだ。

「え？……それは冗談か何かですか？」

細川は真剣そのものだ。

「いえいえ、もちろん正式な登用です」

文栄も驚きを隠せない。

「うわぁ、姉さんおめでとう。医務官に昇格だね」

「調子に乗らないの。医務官なんて、私にはとても……」

「でも、僕がやるより断然マシだろう！」

愛貞は破顔一笑した。

「ふふっ、姉さんに嫉妬しているのね……。でも、あなたは将棋の名人なんだから、理事長にその腕をお見せすればいいじゃない」

「うん。『餅は餅屋』とか『能ある鷹は爪を隠す』なんて言うからね」

細川が二人をとりなした。

「二人ともそれぞれに素晴らしい。文栄、私に中国将棋を教えてくれないか？」

文栄は喜び勇んで答えた。

「はい。本当は僕、ずっと日本の将棋を勉強したかったんです。理事長、どうかよろしくお願いします」

細川は嬉しそうに笑った。

「いやいや、こちらこそ。力を合わせて、日華精糧を盛り立てていこう。よろしく頼んだぞ！」

七

ゴーン、ゴーン、ゴーン……遠くから「寒山寺」の鐘声が108回響いた。その年もまた大みそかがやってきた。

蘇州の「天賜荘」にも爆竹が鳴り響き、表門や裏門には慌ただしく春聯《しゅんれん》（正月を祝う詩文を書いた赤い紙）が飾られた。

東から真っ赤な太陽が昇り、清々しい新年を迎えた。

細川も晴れやかな表情で趙家の姉弟を連れ、中年の幸運を祈願しようと「寒山寺」へ初詣に出かけた。

運転手が城外の古い運河の畔に車を停め、一行を送り出した。細川たちは先を争うように運河にかかる「楓橋《ふうきょう》」に向かった。文栄は供物を入れた重いカバンをかつぎ、息を切らしながら必死で二人の後を追った。橋の上から遠くを望むと、もうもうと立ち上る線香の煙とそびえたつ古刹が見えた。参拝客が吸い寄せられるように、寒山寺に入っていく。細川たちも流れに遅れまいと手を握り合い、人波にもまれながら、じりじりと「山門」に近づいた。

「山門」をくぐると、荘厳な「大雄宝殿《だいゆうほうでん》」が眼前に現れた。殿の前には、線香の煙が立ち込めている。参拝客たちは次々に賽銭を投げ入れ、手を合わせた。

細川は目を大きく見開いて辺りを見回し、足早に僧侶に近づくと、小声で何か話しかけた。すると、驚いたことに僧侶は細川よ

「楓橋」の美しい姿

り、さらに大きく目を見開き、うなずいてお辞儀をした。彼はさっと身を翻すと、血色の良い住職を招き寄せた。

住職は細川を見ると「南無阿弥陀仏」と唱え、合掌して腰を折った。

「遠路はるばるいらしたのですから、ぜひとも僧房にお立ち寄りください」

細川も抱拳《ほうけん》（自分の右手で左拳を包み、敬意を表すしぐさ）で返礼した。

「恐れ入ります。新年を迎える節目に、住職様のご高話を伺えれば、これほどありがたいことはございません。ただ本日は三人おりますゆえ、僧房では少々ご不便かと……」

細川はそう言いながら、趙家の姉弟に視線を向けた。

二人の会話に耳を傾けつつ、仏家のしぐさに見とれていた姉弟は、はっと我に返り、慌ててうなずいた。

「いやいや、お気遣いには及びませぬ」

住職はそう言うと両手を胸の前で組み、道を空けた。

「さあどうぞ、こちらへ」

僧房は大雄宝殿の一角にあった。供物台が置かれた室内は、清らかで品が良い。

文栄は背負ってきた重いカバンを、供物台に置いた。細川はそれをおもむろに開き、供物を次々に取り出した。そしてカバンを、恭しく住職に差し出した。

「どうかお納めください」

「これはかたじけない。では失礼して……」

住職は遠目で中身をちらりと確認すると、いぶかし気に細川を見た。

「これはまた……何と!?」

興奮を抑えきれない住職は、カバンから銀元（「清」の時代以降に用いられた一元銀貨）の包みを一つ一つ取り出すと、やにわに数え始めた。

細川は一歩脇に下がり、ささやいた。

「かつて我が国の遣唐使をもてなして下さったことへの、せめてもの感謝の気持ちです。新年を告げる１０８回の鐘と善行が、いつまでも受け継がれることを願っております」

姉弟はその光景を目の当たりにして、それぞれに思うところがあったようだ。

愛貞の胸にさまざまな思いが渦巻いた。「理事長は日本の方なのに、やることなすこと中国人そのもの。まさか日本でも、寒山寺の鐘の音が聞こえるの？　天下泰平を祈るの？　それなら、どうしてこんな戦争が起きたの？」

文栄も、将棋で大事な一手を指す時のように、あれこれ考えた。

「理事長は、おもしろい方だ……僕に重い『供え物』を持たせたのは、さり気なさを演出するため？　僕なら音《ね》を上げずにやり遂げると思ったからかな？」

そう思うと嬉しくなって、思わず笑みがこぼれた。

姉はそんな弟をこっそり小突いた。

「まったく、能天気なんだから」

「これは、ありがたい」

すべて数え終えた住職は、驚嘆の声を上げた。

「いやはや、ぴったり１０８銀元をご寄進下さるとは驚きました。まさに値千金ですな！」

「いえいえ、それほどのものでは」

細川は抱拳してお辞儀をした。

「どうかご笑納ください。今回は１０８という縁起の良い数字に、御寺の鐘声への想いを託したまでのことでございます」

「ほう、それはそれは……どうやら、あなたも私も情に厚い人間のようですな」

住職は満面の笑みを浮かべた。

「では、鐘楼へご案内いたしましょう。どうぞこちらへ」

細川は予期せぬ誘いに目を輝かせた。

「はい。喜んで」

そう言うと、趙家の姉弟を見やった。彼らが嬉しそうに何度もうなずくのを見て、細川は勢いよく付け加えた。

「どうかご教導賜りますよう、お願い致します」

「教導などとは滅相もない。さあさあこちらへ」

住職は上機嫌で歩を進めた。


前を歩く住職が、時折、三人の「参拝者」を気遣うように後ろを振り返る。姉弟は仲睦まじく、年かさの「施主」とも良い関係のようだ。そこで機転を利かせた住職は、細川に声をかけた。

「大雄宝殿を出まして、右側が鐘楼でございます。ですが、すぐ真正面に『蔵経楼《そうけいろう》』もございます。寄り道も、また一興かと存じますが……」

「蔵経楼ですか？　ほぉ……あらゆる難問が解ける仏典の宝庫ですね。では、住職様の仰せのとおりにいたしましょう」

細川は嬉々として姉弟を呼び止めた。

三人は住職のあとについて「蔵経楼」に入った。

視線の先に、たいそう趣のある「寒山《かんざん》・拾得《じっとく》」の彫像二体があった。三人は

「寒山と拾得」の影像

思わず嘆声をもらした。住職は誇らしげに笑った。

「各地から参拝にいらっしゃる皆さまにも、喜んで頂いております。この影像は、ここでしか観られぬ貴重なものですゆえ」

「ほう、ぜひともその由来をお聞かせください」

住職は一礼して合掌した。

「南無阿弥陀仏。寒山様は荷花《はすばな》（蓮の花）を持ち、拾得様は円盒《えんごう》（丸い小箱）を捧げておられます。『荷《はす》（ｈｅ）』と『和《わ》（ｈｅ）』、『盒《こばこ》（ｈｅ）』と『合《ごう》（ｈｅ）』は、それぞれ同音で、『和合《わごう》（ｈｅ　ｈｅ）』となります。芳心を得て天下が治まるという意味でございますな。清の雍正帝《ようせいてい》がこれを大いに賞賛され、勅命をもって寒山と拾得を『和合二仙《わごうにせん》』に封じ、満漢《まんかん》の末永い共存の証とされたのです」

細川は熱心に耳を傾けながら、指で掌《てのひら》に文字を書きつけ、はたと膝を打った。

「ほぉ、荷（ｈｅ）と盒（ｈｅ）で和合（ｈｅ　ｈｅ）ですか。これはまた格別な趣向ですね。私もかつて漢文を学んだ折に『儒《じゅ》を以て世を治め、道を以て身を治め、仏《ふつ》を以て心を治める』という雍正帝の言葉を知り、何という素晴らしき治国の方略かと感じ入った覚えがございます」

住職は感心して褒めた。

「博識でいらっしゃいますな。拙僧の記憶が正しければ、明治28年4月に貴国の伊藤博文公爵も『姑蘇非異域《こそはいいきにあらず》、有路伝鐘声《みちありてしょうせいをつたう》、勿説盛衰跡《せいすいのあととうなかれ》、法燈滅又明《ほうとうめっすれどまたあくす》』という詩を残しておられましたな」

ちんぷんかんぷんの文栄は、二人に背を向け、一人で楽しそうに棋譜を暗唱し始めた。その姿は、経を唱える僧侶のようにも見えた。

うら若き乙女の愛貞は住職の和合（「男女が結ばれる」という意味もある）や芳心という言葉に目をぱちくりさせて、住職と細川を交互にながめた。そして、より好感の持てる細川のほうへ無意識に体を寄せた。

その様子を見た住職は、目を細めた。

「施主様のおっしゃるとおり、先帝は知略に優れたお方であられましたな。情を伝える古刹の鐘声は尊きものとして、人々にいつまでも愛されましょう……では、鐘楼へ参りましょうか」

八

寒山寺の鐘楼は古色蒼然たる趣があり、長い歴史を持つ寺院建築の中でも、特別な存在であった。巨大な鐘を、堅牢な土台と宝塔を積み重ねたような構造部で支えている。しかも、鐘を撞くと轟音による振動で、土台に負担がかかる。それを１０８回も続けざまに鳴らすのだから、その迫力たるや想像を絶するものがある。だがまさにそのおかげで、鐘声が長くゆったりと天まで響き、時代を超えて愛されてきたのだ。

その時、細川たちは住職のあとについて、鐘楼内の階段を昇っていた。らせん階段は足腰への負担は少ないとはいうものの、延々と昇るうちに、めまいと息切れに襲われた……姉弟と前を歩く細川との距離が少しずつ開き始めた。

細川はといえば、しっかりした足取りで立ち止まることなく住職の後ろをついていく。時折、振り返って後れを取り始めた姉弟に手を振り、おどけた顔を見せた。背後から笑い声が聞こえたちょうどその時、細川と住職は階段を昇り終えた。

見上げるとそこには、とてつもなく大きな鉄の鐘があった。鐘は高い梁から、床とはわずか数尺の位置にまで垂れさがり、ちょうど大人が立って力強く撞ける位置にある。若い僧侶を両脇に従えた住職は身を乗り出して両手で

荘厳な鐘楼が「鐘声」の原点

撞木《しゅもく》を握り、細川を見た。

「南無阿弥陀仏。今生のご縁ありて、ご施主よりご厚情を賜りました。ここに鐘声にて、天下泰平をご祈祷申し上げます」

「御仏に感謝し……」

住職の法話が続くなか、姉弟が息せき切ってやってきた。二人は両側から細川の肩に手をかけ、苦しそうに息をした。

「ボーン……」

耳をつんざくような鐘声が、雷鳴のごとく轟いた。驚いた愛貞は震えながら細川に抱きつき、彼の肘に顔を押しつけた。細川は内心の動揺を悟られぬよう、懸命に足を踏ん張った。

弟の文栄は凄まじい轟音におののき、脱兎のごとく逃げ出した。細川は無意識のうちに、空いた両腕で震える愛貞をそっと抱きしめ、ささやいた。

「大丈夫だ。私がいる」

愛貞は不意に、ふわりとした温もりに包まれるのを感じた。ぼんやり目を開くと、すぐ前に微笑む細川の顔があった。穏やかで優しげで、それでいてどこか憂いを帯びた笑顔……あれ？　これは……愛貞は胸が熱くなるのを感じた。その途端どこからか勇気が湧いてきて、さっと細川の首に腕を回した。そのままつま先立ちになり、少女が父親にするように、まぶたを閉じて彼の頬に口づけた。その刹那、また鐘声が轟いた。

愛貞はもう少しも怯えることなく、潤んだ瞳を見開いた。とその時、かすかに震える細川の唇が静かに近づいてきた……初めての経験だったにもかかわらず、彼女はためらうことなく、それを受けとめた。それはまるで心の奥まで染み入るような長い長い口づけだった。

鐘声は争い合う二つの国の恋人たちに祈りを捧げるように、延々と余韻を残し続けた。

月色照禅心（月の光が静寂な心を照らし）
鐘声明慧眼（鐘声は本質を見抜く目を開かせる）

額が掲げられた「鐘楼」の入口

夢から覚めたようにまぶたを開いた二人の目に、住職の会心の笑みが映った。住職はさっと合掌して一礼すると、気を利かせて優雅な足取りで立ち去った。愛貞は慌てて手を離すと、身なりを整え、きょろきょろと弟を捜した。目ざとく文栄の居場所を見つけた細川は、愛貞の手を引いて歩き出した。

九

鐘楼の下にある曲がりくねった小道の傍に、長い石の腰かけがあった。その一端に文栄が馬にまたがるように座り、その正面には赤ら顔の若い僧侶があぐらを組んで座っていた。二人の間にある将棋盤の上では、互角の戦いが繰り広げられていた。彼らは将棋に没頭するあまり、野次馬が取り囲んでいるのにも気づかない。

愛貞は人混みをかきわけ文栄に近づいたが、何と声を掛ければいいのかわからない。細川が彼女の耳にそっと顔を近づけ、ささやいた。

「棋を見て語らぬが真の君子。ほら、蘇州人は実に風流だ」

「その勘所がわかる理事長も、素晴らしいですわ」

愛貞も細川に顔を近づけた。

「あら？　いま、何かに気づいたって顔をされましたね？」

「ふむ……文栄はやはり冷静だね。落ち着いて『車泥棒の将』を打ち、相手の出方を待っているようだ」

細川は話しながら、あごをさすった。

「『車泥棒の将』って、何ですか？」

天真爛漫な柔らかい声が、細川の耳をくすぐった。不意に、彼の目がぱっと輝いた。

「ほら、ごらん。うまくいきそうだ……」

若い僧侶は顔を真っ赤にして考え込み、次第に表情を曇らせた。文栄は駒を持つ僧侶の手が宙をさまようのを見て、ここぞとばかりに絶妙な一手を指し、勝利を手中に収めた。僧侶は急な攻撃にうろたえ、諦めの表情を浮かべた。彼は潔く負けを認めると、合掌して暇《いとま》を告げた。

「いいぞ！」

「よくやった」

野次馬たちは口々にそう褒めそやすと、散り散りに去っていった。

愛貞もようやく状況が理解できたのか、細川の腕を引いて言った。

「うわぁ『車泥棒の将』ってすごいんですね。でも理事長は……もっとすごいです」

「私？……私のどこが？」

「理事長は……心を盗めるでしょう？　それは車を盗むより、すごいことですよね？」

そばに来て話を聞いていた文栄には、さっぱり意味がわからない。だが邪魔をするのも忍びなく、ただひたすら目をぱちくりさせて、盤面を読むように事情を推し量った。

「ほう、心を盗む？」

細川は自分の頬をちょこんと突いて、愛貞に笑顔を見せた。

「それなら、先に私のここを奪ったのは誰だったかな？」

「もうっ……」

弟がすぐ傍にいるのに気づいた愛貞は頬を紅潮させ、可愛らしく細川の胸を叩いた。けれども、最後には細川にぎゅっと抱き寄せられた。

「ハハハハッ！」

二人は同時に笑いだした。その声は寒山寺の鐘声の余韻に反響し、古刹の仏像を取り巻いた。「寒山」と「拾得」の二仙は、それぞれ荷花（蓮の花）と錦の盒を持ち、永遠の和合を遂げた。


両親のなれそめを語るのは、ここで終わりにしよう。どういうわけか、すっかり自分がこの物語の主人公になったような気分になった。感情という不思議な魔法にかかってしまったようだ。

追憶にあたって、寒山寺の「和合」の神髄は、清泉で浄化された魂や霧雨に育まれた新春、天を震わす雷鳴のごとく悠々と鳴り響く鐘声にあると付け加えておきたい。それが国同士の葛藤を超えた真実の愛を紡ぎ、二人を結び付けた。少しずつ成長するなかで母の思い出話を聞き、叔父の教えを受ける機会も増えていった。そこで知らず知らずのうちに、私は我々一族が持つ優しさや温もりを自然と自分の中に取り込んでいったように思う。

母は思い出話をする時、うれし涙をこぼし、愛を連綿と語ることがあった。時には突然私を抱きよせ、坊主頭をなでながら「おまえの顔は母さん似だけれど、心が優しいところは父さん似ね。将来はきっとロマンチストになるわ」と言うこともあった。その時まだ小学生だった私は「ロマンチスト」という言葉の意味がわからず、ぽかんとするばかりだった。

十

実のところ「ロマンチスト」になるには、誠実なマメさが必要なのだ。父さんは何でも母に打ち明けたし、母もそれを少しずつ私に話してくれた(もちろん子どもに聞かせられる範囲で……)。


上海北四川路の日本軍司令部。

細川が小林中将に結婚を報告した。

「おめでとう！　二度目の春だな」

細川は深々とお辞儀をした。

「ありがとうございます。これもひとえに中将のおかげと感謝しております」

小林は意味深な笑みを浮かべた。

「とんでもない。兵糧の確保のほうは、今後ともよろしく頼むよ……ハハハッ」

細川はさっと姿勢を正した。

「もちろんです。何なりとお申し付けください」

小林が表情を引き締めた。

「実をいうと目下戦線が縮小し、兵糧の一部を民間に転用せざるを得ない状況なのだ。蘇州付近の無錫《むしゃく》や常熟《じょうじゅく》の精糧工場も君の統括下に置き、居留民の食糧需要を満たしてもらいたいと思うのだが、どうだね？」

「かしこまりました」

小林は表情を緩めて、話題を変えた。

「そうだ。この時局では、婚礼も大っぴらにはできまい。それなら『天賜荘』でおこなってはどうだろう。天から賜りし良縁だ。ちょうど良いではないか？」

「天から賜った良縁ですか!?」

細川にも異存はなかった。

「それは良いですね。今のお言葉、一生大事に心に留めておきます」

敬礼しかけた細川を小林が手で制し、二人は目を合わせて笑った。

十一

早春の二月、屋外はまだそこはかとなく寒い。

だが蘇州城南「天賜荘」のホールは明るく、温かく、幸せな空気に包まれていた。

日本式の平服を着た新郎の細川が、桜柄のスカーフを新婦愛貞の白い襟首にそっと巻いた。愛貞の頬は朝の霞のように、桜色に輝いた。来賓たちはそのあまりの美しさに息を呑み、次々にお祝いの言葉を述べた。

大勢の招待客が、大きな円卓を囲んでいる。それは、豪華で一風変わった披露宴だった。円卓には日本料理と蘇州・杭州の名物料理が、所狭しと並んでいる。招待客たちは口々に料理を褒めそやし、宴の始まりを今や遅しと待っていた。

立会人の原田和夫は「日華精糧工場」の工場長であり、新郎の従兄弟でもあった。原田は神父の説話に勝るとも劣らぬ抑揚ある洗練されたスピーチで、招待客の心をつかんだ。

新婦側にも奇才はいた。愛貞は杭州の平凡な家の出だが、母方の従兄弟である韓永春《かんえいしゅん》は杭州の有名レストラン「天香楼《てんこうろう》」料理長の直弟子だった。その時、彼が熱々の「全家福《ぜんかふく》（五目煮込み料理。「一家団欒」の意味もある）」を運んできた。

「さあさあ、おめでたい結婚式だ。どんどん召し上がってください！」

ふわりと漂うおいしそうな香りに乗って、威勢のいい声が聞こえてきた。招待客たちはその「全家福」を見て、目を見張った。その瞬間、細川と愛貞がタイミングよく立ち上がり、グラスを掲げて会場を見渡した。

「本日はありがとうございます！　乾杯！」

歓声があがった。

三回目の乾杯が終わり、宴もたけなわとなった。表向きは慎ましい結婚式だったが、会場内は大いに盛り上がっていた。新郎の細川は弁の立つ一流料理人の永春に興味をもち、膝を交えて話してみたいと思った。

チャンスがやってきた。細川は、その時ちょうどお酌にきた立会人の原田に、日本語で耳打ちした。原田はうなずくと、すぐさま永春の所へ行き用件を伝えた。新郎新婦の正面に座っていた永春はさっそく二人の間に席を移すと、打ち解けた様子で話し始めた。

細川はここぞとばかりに、彼を褒めそやした。

「永春君、『全家福』のおかげで、式が大いに盛り上がったよ。君は料理人としても一流だし、話もうまいね」

永春はすっかり恐縮して言った。

「いえいえ、そんな、とんでもない」

「正直に答えてほしいのだが、君は広い世界に出て商売をするか、役人になって堅実に生きるか……どちらがいい？」

「えっと……それは何とも……」

永春は唐突な質問に、しどろもどろになった。

その様子を見た愛貞が助け舟を出した。

「従兄弟なんだから、正直に言っていいのよ。見てごらんなさいよ、文栄なんて好き勝手に振る舞って、今じゃ彼の将棋の参謀だなんて言ってるのよ」

　隣で細川がうんうんとうなずく。

「愛貞の言うとおりだ」

　そして、細川はおかしくてたまらないといった様子で言った。

「ハハッ、文栄は大したものだよ。他人に将棋を教えながら、自分のほうが成長しているのだからね。損得で考えたら、商売人よりよほど商売上手だ。ハハハッ！」

　三人はどっと笑い崩れた。

　永春がぽんと膝を打った。

「うん。たしかにそうかもしれない。二人の言うとおりにするよ」

「ん？　何を言うとおりにするんだい？」

　細川がわざとらしく眉をひそめて、愛貞を見た。愛貞はしきりに永春に目配せをした。

「役人には自由がない。俺にできるのは、商売だけ。いつか絶対『天香楼』みたいな店を開いてみせます！」

永春はまっすぐな瞳で、力強く宣言した。

「よし！　なるほど」

細川はとっさに日本語で相槌を打った後、ゆっくりとこう話した。

「そう、その心意気だ。永春、ぜひこの『全家福』のお礼がしたい。私たち二人も微力ながら協力する。いつか君が、国中に名を馳せる店を持てるよう応援させてほしい」


三日後の朝。「天賜荘」の明るく清潔な厨房に、食器が整然と並んでいた。永春が、丁寧にカトラリーや包丁の手入れをしている。傍らの椅子には、彼の旅行鞄が置かれていた。彼は正統派の料理人らしい姿勢で、最後まで責任を全うしようと厨房を片付けていた。

愛貞と弟が、知らせを聞いて駆けつけた。厨房の様子と永春の表情を目にした二人は、胸が詰まり、声が出ない。

「永春、あなたには何てお礼を言ったらいいか」

愛貞はささやくように言った。

「お礼なんてそんな。新婚さんの幸せを分けてもらっただけで、もう十分だ」

永春は、温かな笑みを浮かべた。

「そんなんじゃ足りないよ。それに、もっともっと『全家福』が食べたかったのに！」

文栄はそう本音をぶちまけた。

「そのとおりだ」

細川も遠くから駆けつけた。

「永春の料理には、本当に驚かされた。全家福を生み出した天香楼に、韓永春ありというところをまざまざと見せてもらった。君が一日も早く一国一城の主になれるよう、私も応援している」

細川はそう言うと、のし袋を差し出した。

「これは……」

永春は戸惑いを隠せない。

「ほんの気持ちだ。開けて、中を見てみるといい」

細川は、さりげない口調で言った。

当惑した永春が愛貞の顔を見ると、彼女は微笑んで唇を尖らせた。永春は封を切り、おもむろに「匯豊《ホイフォン》銀行（香港上海銀行）」の小切手を取り出した。

「五千銀貨（現在の日本円にして約二千万円に相当）。上記金額をこの小切手と引き換えに持参人へお支払いください」

細川は愛貞をさっと自分のほうに引き寄せると、手をつないで言った。

「言っただろう、力になるって。私たちも君の成功を祈っているよ」

「……」

黙ってうつむいていた永春が不意に顔をあげ、目を見開いた。涙が今にもあふれ出しそうだった。

十二

「おぎゃーっ」と男の子が生まれた。

１９４４年大みそかの夜、私は「寒山寺」の悠々たる鐘声に背中を押され、中年最後の瞬間に滑り込んだ。そして「天に極楽、地に蘇州、杭州あり」と称される風水の吉相地「天賜荘」に根を下ろした。

赤ん坊を天からの授かり物と大喜びした父は、私を「星」と名付けた（文革時代に星という字が、日本鬼子〈日本人を指す蔑称〉が生んだ「日生」を意味するという難癖をつけられるとは思いもしなかった）。


母は私を産むのに相当苦労したようだ。私の頭が大きすぎたせいで難産になり、筆舌に尽くせぬ苦しみを味わったのだ。

しかも私はひどい癇癪持ちで、夜泣きが激しかった。それでも産院のベッドに横たわる母は恨み言一つ漏らさず、冗談めかして私を「夜泣きちゃん」

と呼び、上機嫌の父も「夜泣き太郎」という称号を与えた。父は泣き声がするとすっ飛んできて私を抱き上げ、歩きながらあやした。時には支離滅裂な「太郎の歌」を歌ったけれど、その意味を理解できたのは母だけだった。そんな時、母はいつも、ほがらかな笑い声を立てたという。母の笑顔に満足した父はさらに声を張り上げ、私を喜ばせた。

「笑った、笑った……夜泣き太郎が笑った！」

父は心底嬉しそうに私をあやしながら、バラの花を捧げるようにそっと苦労して子どもを産んでくれた母の許へ返した。

十三

それから半年あまり経った8月15日正午、天皇陛下が玉音放送を通じて日本の降伏を告げた。その知らせは、世界中を駆け巡った。

その夜「天賜荘」では、防空用の黒い布をかぶせた暗い電灯の下で、父が短波ラジオの周波数を合わせていた。

「東京で青年将校がクーデターを起こした」「広島に原爆が落とされた」という噂は昼の時点ですでに耳にはしていたものの、時局のあまりの急変に情報が錯綜していた。父は腕の中ですやすや眠る星がラジオの音に驚いて起きてしまわないよう、そっと揺らした。

淡々と流れだしたラジオの音声が、彼の心を激しく揺さぶった。

「終戦の詔か……」

オロオロするばかりの母は、慌てて父親の腕から赤ん坊を取り上げた。

父は落ち着いた様子で言った。

「さあ、戦争は終わりだ」

そう言うと電灯の黒い布を外し、ふっと息を吐いた。

ガタンゴトン、ガタン……。けだるそうな音を立てながら、汽車は、夏と秋の入り混じるまだらな野原の中を走っていた。

上海北駅。勝利の余韻にひたる人々が、興奮した面持ちで祝勝パレードに参加していた。

私たち一家三人は人目を避けながら、三輪自転車に乗り、虹口の日本租界へとひた走った。

十四

上海虹口乍浦路《さほろ》に、日本人居留民の臨時「集中営」(戦後の収容所)があった。

長い中国服に中折れ帽姿の父が、集中営の正門から外へ出てきた。しばらく歩いて国民党軍の見張りの目がなくなったあたりで、父は待ち構えていた黒衣の男たちに取り囲まれた。

早々に観念した父は財布を取り出し、腕時計を外すと、ためらいもなく男たちに差し出した。

リーダー格の大男が「やけに物分かりがいいじゃねぇか」と高笑いしたのを合図に、全員がわっと父に襲いかかった。思う存分父を痛めつけた男たちは、意気揚々と去って行った。

満身創痍の父は、痛む足を引きずって虹口日本租界にある二階建ての建物に向かった。そこで待つ妻と子の姿を見た瞬間、父は目に涙を浮かべて二人をかき抱いた……。

父は懐から鮮やかな黄色い菊の花模様の帽子を取り出し、傷ついた震える手で私にかぶせた。その時、父は、私の顔が真っ赤で呼吸も荒いことに気づいた。私の額に手を当てた父は叫んだ。

「まずい、熱がある」

母は心配のあまり取り乱した。

「今朝病院で診てもらおうと思ったの。でも家賃を払ったら、もういくらも残っていなくて……」

父がさっとズボンをたくし上げると、生々しい傷跡の残る脚が露わになった。鬱血した脚の内側に、金の延べ棒が六本巻き付けてあった。父は急いでゲートルを外すと、それをすべて母に渡した。

「早く、急いで病院に連れて行ってやれ……今すぐにだ。命令により、私は集中営に戻り、明日の昼には十六舗埠頭《シーリウプー》から日本行きの船に乗らねばならない」

私を抱いた父は、母と言葉を交わしながら、階段を一歩一歩踏みしめるように降りた。そして正門で私を母に返すと、涙混じりに別れを告げた。

翌日、悲しげな汽笛が鳴り響く十六舗埠頭は、人で溢れかえっていた。私を胸に抱いた母は人波にもまれながら、埠頭に立っていた。人混みの中で、菊の花模様の私の帽子はひと際目を引いた。不意に、母の目が光った。遠くに見える引き揚げ船の甲板に父の姿を認めた母は、慌てて私の帽子を脱がせ、船に向かって何度も何度も振った。

甲板から身を乗り出してあたりを見回していた父は、すぐさま黄色い帽子と私のまん丸い大きな顔に気づいた。父は懸命に両手を振り、必死で何かを叫んだ……。

母はその時、深い悲しみの淵に沈んでいた。これが、今生の別れになってしまうのだろうか？

それからしばらくして、上海虹口の日本租界の家に父から無事を知らせる手紙が届いた。

「どうか二人でしっかり生きてほしい。日本が復興した暁には、すぐに迎えに行く」

その手紙は、母の涙でにじんでいた。

私たちはその後、私の出自のせいで苦労を重ね、幾度もの転居を余儀なくさせられた。そして、父と連絡手段は途絶えた……。

十五

上海市郊外の道沿いの壁には、「抗美援朝《こうびえんちょう》、保家衛国《ほうかえいこく》（アメリカに対抗して朝鮮を支援し、国を守ろう）」という大きなスローガンが書かれていた。どこからともなく「雄々しく、意気高らか（中国人民志願軍の軍歌）」と歌う声が聞こえてくる。

横丁には、チャンバラごっこに興じる子どもたちの声が響いていた。その頃の私は、仲間から「星ちゃん」と呼ばれていた。

私は映画で観た日本軍人の姿を真似て竹刀を構え、雄叫びをあげながら突撃した。向かう先にいるのは、白い手ぬぐいを頭に巻いて遊撃隊員に扮した幼馴染みの汪金栄《おうきんえい》、人呼んで「命知らずの金栄」だ。

「両軍」は対峙して、なかなか勝負がつかない。遊びのはずが次第に本気になり、取っ組み合いが始まった。それを周りの子どもたちが、大きな声ではやし立てた。

その時、楊暁鶯《ようしょういん》という名の女の子が、勇敢にも仲裁に入った。

「もう止め、止めだってば！」

私と金栄はくんずほぐれつしているうちに、いつの間にか大通りに飛び出していた。その時、黒いセダンが、猛スピードでやってきた。私は鋭いブレーキ音に驚いて転倒した。タイヤがすぐ目の前まで迫っていた。窓から顔をのぞかせた運転手が、私を怒鳴りつけた。

「バカ野郎、命が惜しくないのか！」

暁鶯は慌てて駆け出すと、近所にある私の家へ飛び込み、母の愛貞を連れてきた。

駆けつけた母はびっくり仰天して前掛けを外し、喧嘩を続ける私たちをぱんぱん叩いた。そして二人を引き離すと、私を引きずって家に帰った。背中越しに、金栄の罵り声が聞こえていた。

家に帰っても怒りがおさまらぬ私は「日本軍の指揮刀」を取り返しに行く

と息巻いた。

その言葉に深く傷ついた母は、涙声で訴えた。

「星や、あなたの父さんは日本人なのよ……そんなことをして、恥ずかしいと思わないの！」

私は愕然として言葉を失った。しばらくして、不意に大声が出た。

「母さん、泣かないで。僕が悪かった。大きくなったら絶対に父さんを探し出すよ」

母は涙を拭いて、私の頭をなでた。

「それから、どうして一緒にいてくれなかったのかも聞いてみる」

「うん、そうね。その時は母さんも一緒に行くわ……でも今は母さんの言うことを聞いて、しっかり勉強するのよ」

私は目に涙を浮かべて、何度もうなずいた。

その日の夜、母は布団の中で、いろいろな話をしてくれた。私はかつてないほど神妙に話を聞きながら、黙ってあれこれ考えた。そして母の差し出した手を握ったり、母と一緒に涙をこぼしたりした。何をどうすればいいのか全くわからなかったが、とにかく遊んでばかりいないで、必死で勉強しようと心に決めた。

おかしなことに、それからしばらくすると想像上の父の姿を夢に見るようになった。しかもどこからか鐘の音が聞こえてくる……あれはきっと、母がよく口にする「寒山寺」の鐘の音だ！

母はいつも、星は鐘の音に導かれてこの世にやってきたと話していた。私はもっともっと、母の話が聞きたくなった……。

母は私に勉強しろと命じる一方で、自分もよく働いた。上海で映画のエキストラをしていた母は、運が良ければ端役をもらえることもあった。だが混血の子どもの将来を案じ、旧態依然とした映画界にいても自分の身と引き換えに役を得るような真似だけはしなかった。母の胸には、いつも寒山寺の仙掌《せんしょう》（仙人が掌で盤をささげ持つ形をした器）に咲く蓮の花があった。

蓮は泥より出でて泥に染まらずという言葉のように、ただひたすらレンズにみずからの真心だけを映したいと願った。

聡明な母は、知らず知らずのうちに特技を身につけていた。蘇州で暮らしていた平穏な時代に、刺繍を学んでいたのだ。上海に移り住んでからは水を得た魚のように、蘇州刺繍を極めるべく研鑽を深めた。心の清らかな慈母の許で、子は夢の天地に遊んだ。異国の父は、今どこにいるのだろう？　母はただひたすらに父を想い続けた。

十六

「抗美援朝」と書かれた塀の下に、私と汪金栄、楊暁鶯の三人がお行儀よく座っていた。何とか仲直りしたようだ。

金栄がにやにやしながら言った。

「へへッ、おまえの竹の指揮刀なんて、どうせ偽物だろ。俺は気前の良い男だ。返してやるよ」

私の口から意外な言葉がこぼれた。

「実は、家に本物の指揮刀があるんだ……」

暁鶯も笑った。

「ふふっ、またまたそんなこと言って。ほんとは台所の包丁か何かでしょ」

「ハハハッ……！」

私たち三人は、腹を抱えて爆笑した。それから次々にぴょんと立ち上がると、賑やかに縄跳びを始めた。


春の陽射しの下で縄跳びに興じる人影は、次第に青年の姿に変わっていった……。

私たちのもたれていた塀に書かれていた標語も突然「抗美援朝」から「無産階級文化大革命勝利万歳！」に変わった。

そうして瞬く間に十数年が過ぎた。

街中が赤い旗とスローガン、人々の声で埋め尽くされた。私と汪金栄、楊暁鶯の三人は、大学生になった。私たちは紅衛兵《こうえいへい》の軍便服《ぐんべんふく》（「中山服《ちゅうさんふく》」という軍服の一種を参考にした国民服）に身を包み、手と手をつないで歌いながら、街に溢れる革命的群集の中に入っていった。

「東方鉄鋼大学《とうほうてっこうだいがく》」の運動場は、人でごった返していた。誰もが革命の大弁論（議論）を繰り広げ、敵意に満ちた声があちこちからあがった。

汪金栄は高みに立ち、身振り手振りを加えて熱弁をふるった。

「親が英雄なら子も好漢、親が反動なら子も愚か者だ！」

彼の腕には「井岡山《きんこうざん》（江西《こうさい》省井岡山市の毛沢東が起こした革命拠点）造反派」の腕章が巻かれていた。彼が動くたびに、腕章が赤い光を放った。

彼の背後にある大字報（壁新聞）の貼られた小道には、教師や学生が群がっていた。

「趙星は日本侵略者の子！」

「保皇派（皇帝および皇帝制度を支持する派閥）の首領、趙星の正体を暴け！」

私と暁鶯は暗い顔をして、小道の突き当たりにしゃがみこんでいた。

暁鶯がぷいと顔をそむけた。

「星が悪いのよ。隠しておけばいいのに、何でもぺらぺら喋るから」

私は溜息まじりに言い返した。

「仕方ないだろ。大学の願書を、空欄のまま出せるか？　個人情報は法律で守られるって話だったのに、今じゃこのありさまだ」

暁鶯は声高に叫んだ。

「あの人たち、恥知らずにもほどがある。個人資料を勝手に持ち出すなんて！」

私は慌てて彼女の袖を引いた。

「声が大きいよ。最後に笑うのは誰か、まだ決まったわけじゃない……最後に笑う者が、最高の笑顔を手に入れられるのさ!」

上海市郊外の崇明島《すうめいとう》農場。太陽がじりじりと照りつけ、風はそよとも吹かない。

学生たちは稲田で、米の収穫をしていた。スピーカーからは、革命歌『大海《だいかい》航行靠舵手《こうぎょうこうだしゅう》(大海の航海は舵取り頼み)』が流れていた。

その時、暁鷲が卒倒した。そばにいた同級生たちが、何事かと慌てて集まってきた。一番乗りの私が、暁鷲を助け起こした。遠くから走ってきた金栄が、乱暴に私を押しのけた。暁鷲が助けを乞うように目を見開き、私の腕をぎゅっとつかんだ。金栄は憮然として、その場を後にした。

その夜、煌々と光る農場食堂の電灯の下で、批判大会が開かれた。

「政治ゴロ」と書かれた大きな看板を首から下げた私は、屈辱に耐えながらうつむいて壇の上に立ち、次々にやってきては自分を非難する人々を必死でやりすごした。

金栄は司会者席に座り、満足げな表情を浮かべていた。腹に据えかねた私がわずかに顔を上げると、彼は勢いよく飛んで来て、私の頭を乱暴に抑えつけた。

私は意地になってまた顔をあげた。その時、誰かがトタンで作った看板を運んできた。そこには「中日混血児は末代までの愚か者」と書かれていた。金栄はそれを受け取ると、薄笑いを浮かべて重さを確かめ、そそくさと私の首にかけた。私は全身が張り裂けそうな激しい痛みに襲われながらも、歯を食いしばり懸命に顔を上げた。無理にでも胸を張ることで、鉄看板の「圧力」を両肩に分散させようとしたのだ。いざという時に力学の知識が役に立った。一時的にせよ、目の前にいる愚かで野蛮な人々に勝利したのだ。

私はさり気なく脚を開き、体を安定させて顔だけを足元に向けた。壇上の批判者たちは私をやりこめたことに満足しているようだ。壇の下からは、気遣うような視線を投げかけてくる者も大勢いた。なかには「圧力」の原理に気づいて「なかなかやるじゃないか」とこっそり笑いかけてくる者までいた。

あたりに視線をさまよわせていると、突然憔悴した母の姿が目に飛び込んできた。ハンカチで涙をぬぐう母の肩を、暁鶯がぎゅっと抱いている。不意に切なさがこみあげた。私は歯をぐいっと食いしばると、痛みに耐えてまっすぐ前を向き、無言の叫び声をあげた。

母さん、心配しないで。あなたの息子は、これしきのことでへこたれたりしませんから……。

十七

東シナ海から荒れ狂う大波が海岸に打ちつけ、波しぶきが上がった。その波が、高炉の火花やうごめく溶銑《ようせん》を鮮やかに浮かび上がらせた。

東方鉄鋼工場の講堂は、人いきれに満ちていた。

私は背筋を伸ばし、視線をすっと正面に向けた。作業服に身を包んだ私は、議長席の前に立っていた。

今日の議題は「真理の唯一の基準である社会実践の検証とその報告」だ。議長席の後列には、幹部と日本からのお客様がずらりと並んでいる。

「同志およびご来賓の皆様、かつては一面の砂浜であったこの地は、今や世界に名を馳せる鉄鋼の生産地となりました。これは、中国の改革開放の成果であります。我々の鋼材は、中国と日本の協力が生み出した高度な科学製品です。中日友好の精神のように、丹念に鍛錬された鉄の硬度や輝きは、決して衰えることはありません……」

私は、自分自身の感慨や希望を臆することなく語った。

万雷のような拍手が轟いた。観客席では感激した母と暁鶯が手を取り合って喜んでいる。二年前、暁鶯と私もああして仲良く手をつなぎ、婚姻の手続きを終えて民政局から出てきた。出迎えた母は、両腕を大きく広げて私たちを抱きとめた……そして今、苦楽を共にした嫁と姑は、幸せそうに誇らしそうに演壇を仰ぎ見ている。

だがその時、会場の片隅で、久方ぶりに現れた汪金栄がみすぼらしい身なりで目を血走らせ、私を睨みつけていることに気づいた者は誰一人いなかった……。


工場の応接室には、賑やかに談笑する声が響いていた。

日本の「新昭和特殊鋼研究所」の鈴木所長が、私の手を力強く握って言った。

「趙さん、実に素晴らしいスピーチでした。今度ぜひうちの研究所にも遊びにいらしてください。現場で新たな提携について話し合いましょう。そういえば、御父上は日本の方だそうですね。一度御父上の祖国をご覧になるのもいいでしょう?」

私は心をこめて答えた。

「ありがとうございます。お聞き及びとは存じますが、私は蘇州の生まれです。蘇州は、両親が結ばれた地でもありまして……」

「おやおや、趙くんはロマンチストだねぇ。さすがは中国と日本の絆が生んだ子だ」

冗談好きの銭峰《せんほう》工場長が、すかさず合いの手を入れた。

「蘇州にはうちの研究機関もあります。鈴木所長や皆様方にも、ぜひお越しいただいてご指導願えればありがたいのですが」

「それならば、ぜひ。指導などと大それたことはできませんが。実を申しますと、我々も蘇州の寒山寺には興味がありましてね……寒山、拾得の二仙のうち、拾得は日本に渡って「拾得寺」を「寒山寺」と改称したという伝説があり、日本でも大変な信仰を集めているのですよ」

身振り手振りを加えて滔々と語る鈴木所長の姿に、皆、くぎ付けになった。

その発言に喜んだ銭工場長が言った。

「それはいいですね！　ぜひ蘇州で集まりましょう。寒山で一堂に会して、共に新たな協力の道筋を切り拓くというのはどうでしょう？」

応接室に、盛大な拍手が鳴り響いた。それは工場長の問いかけに応えるとともに、寒山寺の朗々たる鐘声に呼応する拍手でもあった。

十八

二日後の週末。混雑を避けるため、私たちが乗った工場のトヨタ製大型バスは、朝一番に上海の宝山《ほうざん》を出発、蘇州へと向かった。まず寒山寺で「神仙会《しんせんかい》（気楽に話せる会）」を開き、その後、工場の研究機関で「群英会《ぐんえいかい》（専門家たちの集まり）」を開催する予定だ。こうしたユーモア溢れる古典的な言い回しを使うのも、銭工場長の得意技だ。

私の前には、工場長と鈴木所長が座っていた。二人は「蘇州評弾《へいだん》（蘇州方言で演じる語りもの演芸）」から「日本の歌舞伎」まで、幅広い話題を熱く語り合った。時折、私が二言三言通訳をすることもあったが、それもごくまれだった。

私の隣には、文栄叔父さんがいた。蘇州に詳しい叔父さんに、今日のガイド役を頼んだ。気心の知れた身内のほうが、何かと便利と思ったのだ。

私の後ろには母と暁鶯がいた。二人が仲良くしてくれているおかげで、私も心置きなく接待に当たることができた。

バスの中で叔父とつらつらと話しているうちに、私は意外な事実を知った。なんと叔父は、上海の将棋界で三本の指に入る実力者になっていたのだ。しかも策略家ぞろいで将棋にも滅法強い中国共産党上海市委員会宣伝部の幹部に、しばしば上客として招かれているという。コネのある者は、いつも得をする。私がまだ中学生の頃『写电影剧本的几个问题（映画脚本の執筆をめぐるいくつかの問題）』という本をもらって大喜びしたことがあった。上海市の宣伝部長夏衍《しゃういえん》先生の名著だ。その稀少な初版本は、今でも大事に取ってある。さらに叔父自身は、虹口区体育委員会の責任者にまで昇り詰めていた。

私は「鯉の滝登り」だの「下っ端役人」だのと言って、叔父を祝福した。

叔父は私の戯れ言に涙を浮かべて笑った。

「おまえというやつは。やっぱり混血児は考えることが違うな。それじゃ、褒めているのか貶しているのか、わからんじゃないか。ハハッ、まったく」

私はニヤッとして、ごまかした。

「いえいえ、叔父さんは偉大ですよ。叔父さんが昔お坊さんと将棋を指した時に『車泥棒の将』を使ってくれたおかげで、父さんと母さんが『心を盗まれて』私が生まれたんですから。でもその二人も、今や離れ離れだ。一体いつになったら再会できるんでしょうね？」

「星！　そうやって昔のことを蒸し返して、何を企んでるの？」

母が後ろから口を出した。

おっと、これはまずい！　私は慌てて白旗を掲げ、事態の収拾を図った。

「いやいや、叔父さんはすごいよ。手筋も豊富だし、将棋仲間も多い。いやぁ、世の中にはまだまだ見たこともないすごい人たちがいるものだと感心していたんだ」

母はきゅっと眉根を寄せた。

「何、訳のわからないことを言ってるの！」

状況を察した暁鶯が助け船を出した。

「お義母さん、星さんは叔父さまの将棋仲間の方に信頼のおけるルートを探してもらえないかと、遠回しにお願いしていたんですよ」

叔父がパンと手を叩いた。

「いや、それは私もよくわかっている。私だって一刻も早く、おまえたちに家族団欒を味わわせてやりたいさ」

「ブーッ、ブブッ！」

車のクラクションが鳴った。バスはゆっくりと、蘇州市郊外の賑やかな通りへ入っていった。

十九

休日の寒山寺は、朝早くから参拝客で賑わっていた。

寺の入口で出迎えてくれた蘇州市外事弁公室《がいじべんこうしつ》（国際交流を担当する部署）の方興《ほうこう》主任は上海人で、私とも古くからの顔なじみだった。彼は挨拶もそこそこに、私に耳打ちした。

「申し訳ないが、今朝は国内外からのお客様がやたらに多くてね。友好都市の杭州からの一団も着いたばかりなんだ。人手が足りないから、君たちの接待は後回しにさせてくれないか……」

「わかった。そういうことなら、早く行ってくれ」

私は同郷の気安さから、思わず上海語でそう答えた。

方主任は私を気遣い、わざわざ通訳を一人つけてくれた。

鈴木所長の一行にその通訳を紹介すると、私たちはそのまま蔵経楼へと足を向けた。

蔵経楼の正門を入った所に、寒山と拾得の像が立っていた。鈴木所長は日本語の案内図をぱらぱらめくりながら、何かを懐かしむように独り言を漏らしたり、時には通訳と楽しそうに会話を交わしたりした。

鈴木所長は寒山と拾得の像を指さしながら「そういえば、蘇州と日本とに離れ離れになった寒山と拾得の二仙は、後に再会できたんですか？」

鈴木所長は、答えを渇望するような眼で私を見た。

「いえ、残念ながら……」

私は無念さをにじませながら言った。

「寒山は毎日鐘の音で、異国の拾得に無事を知らせたと言われています。拾得もその音を聞いて、寂しさを紛らわせていたのではないでしょうか？」

「なるほど……東京郊外にある寒山寺にも、古い鐘があります」

鈴木所長は、どこか納得したような様子で言った。

「それで積もり積もった煩悩や想いを１０８回の除夜の鐘で祓い、新たな気持ちで新年を迎える習慣ができた」

鈴木所長はずっと一緒の通訳を見て、改めて尋ねた。

「そういう理屈で合っていますか？」

「ええ、おっしゃるとおりです……鈴木所長は、博識でいらっしゃいますね」

通訳は目の前にいる日本からの賓客に心服したようだ。

「いえいえ、とんでもない。実は、日本の寺にも似たような習慣があるのです。宗派などによっても異なりますが、煩悩を祓いたいというのは人類共通の願いではないでしょうか?」

鈴木所長が真面目くさった口調で言った。

「それは言うまでもなく。ハハッ!」

私たちは鈴木所長のあまりに真剣な様子に、思わず吹き出した。


「ハハハハッ……」不意に、上の階から賑やかな笑い声が聞こえてきた。

興味を引かれた私たちは二階へ上がった。そこには、古い蔵書がずらりと並ぶ上品な空間が広がっていた。ただ残念なことに、目の前にはいつもとは違う光景が繰り広げられていた。大勢の見物客が、将棋盤を取り囲んでいる。その中心では、叔父が周囲の音も聞こえないほど将棋に没頭していた。正面には、一糸乱れぬ装いでぴんと背筋を伸ばして座る和尚様の姿があった。何ということだ。あのお方は、有名な寒山寺の住職様ではないか？　まったく……叔父さんときたら、場所や時間もわきまえず住職様に勝負を挑むなんて、どういうつもりだ。

後ろから上がってきた母が、私に耳打ちした。「星、あの方が、いつか話した『若い僧侶』よ。あなたが小さい頃、話したでしょう？」

「どの話？」

「叔父さんの『車泥棒の将』の話よ」

「えっと……それ何だっけ……」

「……ほら、あの『心を盗んだ』っていう、あれよ！」

母がぽっと頬を染めた。

「ああ、あれか」

私は思わずぷっと吹き出しそうになった。

私たちがひそひそ話をしている横では、鈴木所長が身を乗り出して将棋を見ていた。

「あの時は叔父さんが大勝したの。住職様は、さぞや悔しかったでしょうね」

「ああ、そうか……でもたかが将棋に、やけにこだわるね」

「勝負は時の運。今日は叔父さんが負ける番ね」

母はそう言って首を振った。

「どうしてそう思うの？　叔父さんも、自信ありそうだよ」

「自信？　住職様は一見淡々としていらっしゃるようだけれど、口元にかすかな笑みを浮かべておられるわ。今は嵐の前の静けさってところね」

母はそう言うと、私にウインクして見せた。

「ちょっと母さん、いつの間に、そんなお上品ぶった言い方を覚えたの？」

私はしたり顔の母に、そう耳打ちした。

その時、暁鶯がやって来て、私の右肩に手をかけて耳元で囁いた。

「朱に交われば赤くなるって言うでしょう。全部あなたの影響でしょうね……ふふっ」

「ん？　それは褒め言葉と受け取っていいのかな？」

会話に夢中になっていると、不意に部屋全体が大きな溜息に包まれた。

慌てて振り返ると、住職が妙手を打っていた。今まで見たことも聞いたこともない手だ。兵卒を密かに川向こうに渡らせ、殺気を隠してある場所を陣取る。双方の将が左右を蹴散らし、盤面中央の駒がまばらになってくると、兵卒を横へスライドさせる。そして背後の敵軍にその後を追わせ、空白地帯を作りだす……ふむ、まさに絶妙の一手だ。盤面の中央が天窓のようにすかすかになり、両軍の将《しょう》と帥《すい》（中国将棋の双方トップ）が正面衝突を強いられれば、勝敗は決まったも同然だ。将棋史上、稀に見る奇跡といっても過言ではない。まさに「油断した孔明《こうめい》が荊州《けいしゅう》を失う」「智者が接戦を制す」といった趣だ。叔父はかつてない大敗を喫した。

住職は軽く息を吐くと、合掌して立ち上がり、お辞儀をした。叔父も鷹揚に立ち上がると、住職の両手を固く握った。

「いやはや、感服いたしました」

そこには、激闘を繰り広げた者同士の喜びと尊敬の念があった。割れんばかりの拍手が起きた。鈴木所長も、手が痛くなるのではないかと思わせるほどの拍手を送った。彼は私に挨拶すると、通訳を連れて人混みに入っていった。

方主任が、息せき切ってやってきた。彼は私を部屋の隅に連れて行くと、興奮した面持ちで叫んだ。

「まったく、あちこち捜したよ！　誰が君を捜していると思う？」

私は呆気にとられて、尋ねた。

「一体何の話だ？　捜しているのは、方さんだろう？」

方主任は頭をかいて照れ笑いした。

「ハハッ、焦りすぎて、おかしなことを口走ってしまった。それで、香港に親戚はいるか？」

「え？　それを言うなら、日本じゃないのか……」

「いやいや、香港で間違いない。相手方は、香港でコツコツとまじめに商売をしているご夫婦だ」

　隣に立つ母と暁鶯が、顔を見合わせた。

「もしかして……永春おじさんじゃないかしら？」

　母が小首をかしげて言った。

「永春？」

　方主任が、はっとした顔をした。両方のポケットを慌ただしく探り、名刺の束を取り出すと一枚一枚めくっているうちに声をあげた。

「おお、あった、あった。香港ネイザンロードの杭州料理店『天香楼』の店主……」

「韓・永・春！」

　私たち三人は異口同音に叫んだ。その声に驚いた方主任は、名刺を手にあっけにとられていた。

　母は名刺をさっとかすめ取ると、隅々まで見回して、指でそっとさすった。

　私はせかせかと方主任に尋ねた。

「それで、おじさん夫婦は今どこに？」

「鐘楼のあたりだ。さっきはちょうど、解説員が案内しているところだった。韓さんはおしゃべりで、鐘に書かれた詩にも大層関心があるようだった」

「それで、奥様は？」

母も待ちきれないとばかりに口を挟んだ。

方主任もつられて早口になった。

「奥様は、上品で穏やかな感じの方でしたよ」

母は心底ほっとしたようだ。

「まぁ、それなら良かった。きっとお似合いのご夫婦ね」

「お義母さん、早く会いに行きましょう」

暁鶯が母の腕を引いた。

母は笑って答えた。

「はいはい。嬉しすぎて、ついつい余計な話をしてしまったわ……」

私は急いで方主任と相談した。今晩、蘇州市内の「得月楼」で二つの個室をひと続きにして宴席を設け、日本のお客様と香港の親戚を大きな円卓でねんごろにもてなす。料理も飲み物も最上級品を揃え、会計は私が持つことにした。

「よし、わかった」

「あ、そうだ。悪いが『得月楼《とくげつろう》』の料理長にお願いがある。『全家福』を作ってもらいたいんだ。皆さんの目が、はっと覚めるような新しい趣向を凝らしたものがいい」

じっと話を聞いていた母と暁鶯も、顔を見合わせてうなずき合った。

「それはいい考えだ！」

方主任は自信たっぷりに言うと、私たちに急いで鐘楼に行くよう促した。

二十

鐘楼の周囲は、大混雑だった。母と暁鶯は私の後について、人混みをかきわけながら鐘楼へ向かった。階段口では、方主任が警備員を数名従えて警戒に当たっていた。目が合うと、私たちは微笑みを交わし早足で歩み寄った。

「やけに人が多いね」

私は方主任に近づくと、そう言った。

彼は私たちを上の階に案内しながら答えた。

「いや、それがどういうわけだか香港の映画スターが鐘楼にいるって噂が広まってな……」

「え？　映画スター？」

私はきょとんとして問い返した。

「……映画ファンが、天香楼の女将さんを女優と見間違えたのかしら？」

母がお得意の想像力を発揮した。

「まさか。おば様は五十代か六十代ですよね？」

暁鶯が鋭く指摘した。

方主任は、少しだけもったいぶって言った。

「ハハッ……韓さんご夫婦が美人の娘さんを連れているからだよ」

「うわぁ！」

私たち一家三人は、我先にと階段を駆け昇った。

滄海《そうかい》変じて桑田《そうでん》となり（世の中の移り変わりが激しいこと）、人間に春満ちる……私たちは、嬉しい再会を果たした。

「愛貞姉さん！」

最初に母に抱きついたのは、永春おじさんだった。

「あらまぁ、永春。本当に……」

母はうれし涙を目にためて、おじさんのそばに微笑んで佇む、上品な女性に声をかけた。

「どれだけ会いたかったか！　こちらが、奥様ね」

「初めまして。慧珍《けいちん》と呼んでください。家族なんですから、どうか遠慮なく」

慧珍は気さくにそう言った。

私は、香港商人であり年長者でもある二人に向かって、自然な態度で軽く会釈した。

「おじさん、おばさん、初めまして」

おじさんは笑って言った。

「おう……私は君の両親の結婚にも立ち会ったんだぞ」

おばさんは大げさに私を褒めた。

「まぁ。お辞儀は、礼儀正しい日本の文化ね。あなたはきっと、親孝行なんでしょうね」

「いえ、とんでもない」

私は暁鶯の背中をそっと前に押し出した。

「母のお気に入りは、この良くできた嫁のほうですよ」

「もう……よく言うわね……」

暁鶯は頬を赤く染めて、慌ててお辞儀をした。

「ほう、自慢の嫁さんか。じゃあ、おじさんもついでに自慢させてもらおうか」

おじさんは隣に立つ優雅で控えめな女性を指さした。

「何を隠そう、こちらの香港美人が私の愛娘、韓麗娜《かんれいな》だ」

「うわぁ！」

あちこちから拍手が湧き、カメラのフラッシュが瞬いた。私は建物の内外に鈴なりになった人々が、このミス香港目当てに集まっていると気づいて嬉しくなった。すごいじゃないか！　おじさん、おばさんは幸せ者だ。これもきっと、蘇州と杭州が風水の吉相地だからだ。

この騒ぎに慌てふためいたのが蘇州市公安局だ。居合わせた方主任も焦って、ずしりと重い移動電話で連絡を取りながら、その場のちょっとした混乱を静めようと指揮を執り始めた。

ちょうどその時、天から福音が降ってきた。

「ゴーンッ！」

時刻を知らせる鐘声が鳴り響いた。

凄まじい音の洪水に鐘楼が震え、見物人たちは早々に退散した。悠然たる鐘の余韻が人々の心を静め、あたりは本来の落ち着きを取り戻した。天の時、地の利、人の和。寒山拾得の鐘声はこうして無数の心ある者の縁をつなぎ、志ある者を喜びで満たしてきたのだ。

二十一

蘇州市の「得月楼」名菜館。

超特大の円卓が鎮座する二階のきらびやかな個室は、招待客で溢れかえっていた。

方主任と私がホスト役を務め、座席の割り振りを決めた。左側が香港からのお客様と我々の親族。右側が鈴木所長一行と通訳たちだ。左右の合流地点の席が、二つぽっかり空いている。遅れてやってきた文栄叔父さんと将棋仲間の住職様をそこへ案内すると、一堂会しての宴の準備が整った。

文栄叔父さんは椅子に腰かけながら、自分に微笑みかける斜め前の人物を上目遣いに見た。おおっ、長年音信不通だった永春兄さんじゃないか？　積もる話はあるが、ここはひとまず抱拳で挨拶をしておこう。

永春と慧珍は目を合わせて微笑むと、夫婦でつないだ手を掲げ、返礼した。彼らは声なき声で、遠くて近い心の音を伝え合った。

円卓には、「山海の珍味」がずらりと並んでいた。

中央には、電動式のターンテーブルが置かれている。「鳳凰《ほうおう》の翼《つばさ》」という名の冷菜は、選び抜いた食材を彫刻して生き生きと仕立てられていた。「百鳥《はくちょう》朝鳳《ちょうほう》」は、それぞれ色や形の異なる鳥料理を八種の小皿に盛り付けたものだ。

続いて、熱々の料理が供された。

二口で平らげる蘇州の「獅子頭《ししず》（肉団子煮込み）」

無錫の精進料理「油面筋《ゆうめんきん》（揚げ麩の肉詰め）」

獲れたばかりの魚が躍る長江《ちょうこう》の「旬《しゅん》の鍋《なべ》」

天下一の新鮮さを誇る太湖《たいこう》の「上海ガニ」……。

方主任がおもむろに立ち上がり、情感たっぷりに開宴の挨拶を述べた。

「皆さま、本日はお集まりいただき、誠にありがとうございます。私は方、方円の方、方角の方、改革開放の放の文字の左側の方と申します……」

「パチパチ……」笑い声と共に、盛大な拍手が沸き起こった。

「蘇州が東方のベネチアと称されるようになりましたのも、ひとえに皆様方のご指導の賜物と深く感謝しております。今後も共に、世界への道を切り開いていこうではありませんか」

方主任はグラスを掲げ、声を張り上げた。

「それでは皆さま、ご唱和をお願いいたします。乾杯！」

全員立ち上がって、グラスを合わせた。コツンと小気味よい音が響き、人々はグラスを一気に空けた。

ちらちら揺れる灯影の下に、笑いさんざめく声が交差した。

誰もが友情を深めながら、口々に「得月楼」の独創的な料理を褒め称えた。

その間を縫うようにして、男女の給仕が忙しく立ち働いていた。

二十二

私は、今か今かと首を長くして待ちわびていた。

そして唐代の白居易《はくきょい》が『琵琶行《びわこう》』で詠んだ「千呼万喚始《せんこばんかん》めて出でたり」という詩のごとく、ようやくその時がやってきた。まっさらな調理服に身を包んだ料理長が、満面の笑みを湛えてやってきた。その後ろには「全家福」の鍋を運ぶ健康的で美しい女性の給仕が二人続いていた。

その時、男性の給仕が二人、どこからか姿を現した。そして、テーブルに残った冷菜をきびきびと片付けた後「全家福」をターンテーブルの両端に一つずつ置いた。蓋が開いた瞬間、五臓六腑に染み渡るようなかぐわしい香りが漂ってきたのと同時に、周囲から歓声が沸き起こった。

薄靄のような蒸気の向こう側に、巨大で美しい「福」の文字が二つぽんやり浮かび上がった。それは阿弥陀如来が八仙と共に、下界に遊ぶ光景を思わせた。

ターンテーブルが、その二つの「福」を私たちに届けてくれた。思わぬ温もりに触れた私の胸に、突然言葉にならない感情がこみ上げた。ふと母の顔を見ると、その目には涙が光っていた。その時、永春おじさんの唇が動いた……何とおじさんは笑い出した。

「いや、これはお見事。全家双福（一家に二つの福）とは、実に素晴らしいアイデアだ」

そして、大げさに目を丸くしてみせた。

「これぞまさに、目を奪われるというやつですな！」

「そのとおり！」

皆が一斉に叫んだ。料理長はてきぱきと「全家双福」を取り分けるよう指示した。給仕たちはそれを美しいお椀に盛りつけると、スプーンを置いたお盆に載せ、一糸乱れぬ動作で各々の前に運んだ。

方主任は隣に座る永春おじさんに、心からの賛辞を送った。

「韓さん、さっきの『目を奪われる』という言葉で、全員の心を一気に鷲づかみにしましたね」

永春おじさんも嬉しそうだ。

「いえいえ、滅相もない。天下が欲しければ人心を得よというのは、そちらの官界のお話ではないですか……」

慧珍おばさんが、さり気なくおじさんの袖を引いた。方主任は呵々大笑した。彼はおそらくこの時、永春おじさんの香港商人としての力量を思い知ったのだろう。

瞬く間に配膳された「全家双福」を口にした人々から、次々に称賛の声があがった。永春おじさんだけは、まず目で見て香りをかいだ。それから舌に載せ、スプーンを置いてにっこり笑った。

「やっぱりうまい！」

方主任のお椀もあっという間に空になり、後にはスプーンが置いてあるだけだった。彼は口元に手を当てて、周囲の反応をうかがっていた。永春おじさんの感想を耳にした彼は、ふっと息を吐いて独りごちた。

「韓さんは能弁で、料理人としても一流。それに権威もある」

「おやおや。私を褒めても、何も出ませんよ」

「いやいや、そんなつもりでは。ハハッ、ただお勘定のことで少しご相談できればと思いまして」

「ここの会計ですか？　それなら、全員分ご馳走しましょう！」

「いえいえ、そうではなくて……」

話が見えないおじさんは子どものように眉をひそめて、おばさんの顔を見た。

「あなた、しっかりして。方主任は、全家福のことをおっしゃっているのよ」

「ほお、それならこちらとしても望むところじゃないか？　全家福と言わず、得月楼まるごとでもお引き受けしましょう！」

おばさんは呆れたように、ぷっと吹き出した。

その隙に、私は母に耳打ちした。

「おじさんたち、なかなか羽振りがいいみたいだね」

母も小声で答えた。

「おじさんだって苦労したのよ。蘇州を出てから、ずっと天香楼新店舗だけを目標に南方へ下って行ったのだもの」

その時、方主任が言葉を継いだ。

「全家福から得月楼へと、幅広い提携の可能性が見えてきましたね」

「こちらとしましても、大陸の改革開放の勢いにはぜひあやかりたいところです。妻は貿易会社を経営しておりまして、娘も文化事業に熱心です。それに甥の星も日本人の血を引いておりますし、我々の提携には多様な可能性がありそうですね。まさに全方位的と言ってもいい！」

「全方位」という言葉に反応して、会場中から割れんばかりの拍手が起きた。

その熱気に乗って方主任がさっと立ち上がり、控えめながら熱を帯びた口調で語った。

「皆さん、ありがとうございます。全方位とは実に素晴らしい。名物料理の全家福や名店得月楼も、時代と共に進化せねばなりません。我々は香港の天香楼との提携を、強く望んでおります。それだけではなく天香楼も楼外楼《ろうがいろう》も、日本の横浜中華街の名店……何という名でしたかな？」

「聘珍楼《へいちんろう》！」と鈴木所長が思わぬ早さで答えた。

「そう、名店聘珍楼です！」

永春おじさんが、間髪入れず叫んだ。

「それぞれの良さを生かして競い合い、高め合うべきだ。揚州《ようしゅう》料理は全家の福どころか、全世界の福にだってなれますよ」

ユーモア溢れるコメントに、座がどっと沸いた。

方主任は身じろぎもせず、言葉を継いだ。

「韓社長の画竜点睛ぶりに、深謝いたします。社長の男気とユーモアには私、感服いたしました……社長は全家の福どころか、全世界の福です！」

部屋中に笑い声がさざ波のように広がった。

接待経験が豊富な方主任は、ほろ酔い加減の鈴木所長を見て笑いながら提案した。

「また、鈴木所長も絶妙な合いの手で私の窮地を救って下さいました。その感謝の印として、ぜひ鈴木所長に中国の歌を一曲ご披露いただきたいと思うのですが、皆さんいかがでしょうか？」

「賛成！」

「私がこのような提案をしたのには、深い理由があるのです。胡耀邦《こようほう》総書記が訪日された折に、日本の青年三千人を中国に招待なさいました。その時、引率者の一人であった当時新進気鋭の鈴木所長は、北京に着いてすぐ『我们走在大路上《うおめんつおうつあいだろしあん》（我ら大路を行く）』という中国の歌を習得されました」

方主任は熱のこもった紹介をした。

「よっ、鈴木所長、待ってました！」

鈴木所長は顔を真っ赤にして、おもむろに立ち上がった。軽く発声練習したその声は、魂を揺さぶるような力強く透き通ったバリトンだった。

歌声は草原を駆ける馬のように、大地を揺るがした。

我ら大路を行く
意気揚々と闘志を掲げ
毛主席は革命の隊伍を導き
茨の道を切り開き前へ駆ける
前へ　前へ
革命の士気は止められない
前へ　前へ
勝利へ向かって……

二十三

歌声が止むと拍手が沸き起こり、人々は口々に感想を述べあった。

隣に座っていた従妹の麗娜が、上品な仕草でメモを差し出した。そこには「日本客《にほんきゃく》　中文歌《ちゅうぶんか》　清唱妙《せいしょうみょう》　功夫赫《くふうがうまい》（日本のお客様　中国語の歌　絶妙なアカペラ　素晴らしい才能）」と書かれていた。

その十二文字に心を動かされた私はすぐさま返事をしたため、二枚のメモをそばにいた暁鶯に渡した。彼女はそれを読んで微笑むと、立ち上がって私の頭越しに麗娜に渡した。

歌の余韻が冷めやらぬなか、誰かが叫んだ。

「いいぞ！　もう一曲！」

焦った鈴木所長はさらに頬を紅潮させて方主任の許へ行き「お気持ちはありがたいのですが、もう一曲はまだ勉強中……」と伝えた。盛り上がる人々を前に、方主任は残念そうな顔で私に視線を送った。その顔には「参ったな。鈴木所長はおまえの工場の昔馴染みだろう。何とかしてくれよ」と書いてあった。

私は苦笑いすると、額に手を当てて考えた。

「そうだ。さっき鈴木所長は『聘珍楼』で、方さんを窮地から救った。今度は私が責任をもって、火消しに回る番だ」

そこで私は、代役を買って出た。

「鈴木所長の素晴らしい歌声に盛り上がった後は、不肖私の歌で素敵な夜に花を添えたいと思います」

熱烈な拍手を受けて、緊張が高まった。その時、母の目を見てふと、あるアイデアが頭に浮かんだ。

「実は私も蘇州人の端くれでして、ここで弾詩《だんし》（楽器の伴奏で歌い語る民間芸能）を披露させて頂ければと思うのですが」

「いいぞ！」

「この場をお借りして、姑蘇の言葉や文化を皆さんにご紹介したいと思います」

そう話す私を見て、永春おじさんがニヤッと笑った。その眼は「星よ、何か考えがあるようだが、何を語るつもりだ？」と告げていた。おじさんはさらに麗娜のほうを向いて「さっきメモを交換していたようだが、一体何を企んでいるのか楽しみだ」と目で語りかけた。

「ただし、一つお願いが……」

方主任が勢い込んで、私の話を遮った。

「それなら任せてくれ。『姑蘇文化』のためなら、ひと肌でもふた肌でも脱ぐぞ！」

「いやいや、ひと肌で十分。琵琶を拝借したいのだが？」

「それならお安いご用だ。得月楼で……」

方主任が背後に控えていた給仕のほうを向いた。

「一番上等なやつを、今すぐ頼む」

どうやら客の余興用に、楽器の用意があるようだ。

母は焦っていた。その琵琶は一体、誰が弾くの？　老いた母は、心配そうに私を見た。私は母に向かって微笑んで見せると、方主任のほうへ向き直った。

「さすが主任。馬力を掛けて一瞬で問題を解決したね」

「いや、だが駿馬は乗り手を選ぶものだ。もうすぐ琵琶が届くというのに、弾き手が見当たらないようだが？」

「そうだそうだ。弾詞を歌うのなら、一流の弾き手を出せ！」

と誰かが叫んだ。

「すぐ目の前にいるじゃないですか」

私は自信たっぷりに答えた。

「どこだ？　早く教えてくれよ」

みんなは、あたりをきょろきょろ見回した。

「星、ふざけるのもいい加減にしなさい！」

母は声を潜めてそう言うと、私の腕をきゅっとつねった。

「おやおや、これは失礼しました。ご紹介しましょう。香港民族管弦楽団の琵琶演奏家、韓麗娜さんです」

麗娜が立ち上がり、軽く会釈した。

「うわぁ、まさに才色兼備だな！」

と驚きの声が上がった。

永春おじさんは満面の笑みを浮かべ、おばさんも嬉しそうに微笑んだ。母は一瞬ぽかんとした後、笑いながら私を睨みつけた。

「まったく、あなたって子は！」

その光景を目にした文栄叔父さんも、調子に乗って口を挟んだ。

「道理で寒山寺の鐘楼に人だかりができていたはずだ……みんな才能豊かな香港美人を見に来ていたんだな！」

その隣に座る住職は、簡潔に感想を述べた。

「実に素晴らしい。感服いたしました……南無阿弥陀仏」

その将棋名人の言葉には、才能ある者の実感がこもっていた。住職はまるで「心服すべきものはする、心服すれど服従はせず、互いに尊敬しあえば真の安楽が得られる」と教えてくれているようだった。

それからすぐに、給仕が汗だくで戻ってきた。方主任は繊細な作りの楽器箱を受け取ると、恭しく麗娜に差し出した。麗娜は給仕たちが背後に用意した机と椅子に気づき、会釈して感謝の意を表した。おもむろにケースを開き、琵琶を手に取ると彼女の顔がぱっと輝いた。

全員の視線が、一瞬で彼女の手元に集中した。

その琵琶は背面が艶やかな漆仕上げ、表面は味わい深い古木の貴重な逸品だった。彼女は慎重に琵琶を抱えると、優雅な花の彫刻が施された木の椅子にゆったりと腰かけた。そして琵琶をぴたりと胸元につけると、腕を片方ずつ広げ、指を所定の位置に置いた。

義甲《ぎこう》（指先につけて箏や三味線などを演奏する道具）をつけていない爪は鋭く、息をのむほど美しかった。

彼女は軽く調弦すると、すぐに優雅な旋律を奏で始めた。その澄んだ美しい音色は、白居易が琵琶行に描いた「大珠小珠落玉盤《たいじゅしょうじゅぎょくばんにおつ》（大小の真珠が玉器具の皿に落つ）」という純粋な世界観そのものだった。

あたりが水を打ったように静まり返った。果物や茶菓子を替えにきた給仕も、足音を忍ばせて去っていった。

私は琴の音に導かれるようにゆっくり立ち上がると麗娜の隣へ移動し、笑顔でうなずきかけた。

それが、始まりの合図となった。

琵琶の弦が小気味よく跳ねた。色鮮やかな鳥が楽し気に彩雲の間に集い、花園に飛ぶように、音符が空を舞った。

弾詞の名曲『蝶恋花《でぃれんか》　答李淑一《だありすうい》』（配偶者を失った毛沢東が李淑一から詞を贈られ、その後、毛沢東が、配偶者を失った李淑一に贈った詞。お互いに亡き配偶者を悼んだ作品として知られる）が、私を一瞬で情緒あふれる夢の境地へと誘った。

私は上品で力強い琵琶のリズムに酔いしれ、心のうちをさらけだすように歌詞を口にした。

我は楊《よう》を失いて
君は柳《りゅう》を失い
楊柳は軽やかに舞い　重霄《ちょうしょう》九に上る
呉剛《ごごう》（月に住むという伝説の老人）に問い訊す　何を所有すやと
呉剛捧げ出す桂花《けいか》の酒
寂寞《せきばく》たる嫦娥《じょうが》（月にいる伝説の美女）は 広き袖を舒《の》べ
万里の長空　且《しば》らく忠魂の為に舞う
忽ち報ず 人間《じんかん》に曾《すで》に虎を伏したると
盆を傾くる雨となる

朗々たる歌声に琵琶四弦の響きが重なり、共鳴して部屋全体を震わせた。
割れんばかりの拍手が送られ、宴もたけなわとなった。

盛大な拍手を浴びる私の耳に、住職の超然とした力強い言葉が届いた。

鐘のごとき声と情、行くも来るも無窮なり。行くも来るも縁次第……。

その時、方主任が勢いよく立ち上がり、足早に私たちの前へやってきた。

「いやぁ、感激したよ。香港の琵琶が、評弾の故郷に新しい世界を見せてくれた。それより星……どうして『蝶恋花』を選んだんだ?」

私は即答した。

「鈴木所長が情感たっぷりに中国の歌を歌い上げてくださったから、私も郷土の歌が恋しくなってね。『蝶恋花』は蘇州生まれの趙開生《ちょうかいせい》が作曲したものだ。歌いながら胸が熱くなったよ」

私はそう言って、暁鶯の手を固く握った。

「たしかに……蘇州人なら誰もがそうなるだろうな」

方主任は厳かな口ぶりで語った。

「昔も今も蘇州人にとって、寒山寺の『和合二仙』や悠悠たる鐘の音は特別なものだからな」

永春おじさんが上機嫌で巨体をゆすりながらやって来て、娘に抱きついた。

「良くやった。パパとママも鼻が高い。美人コンテストの時よりカッコよかったぞ！」

そして私のほうを向いた。

「星、大したものだ。それでこそ蘇州人というものだ。だが、自分が日本人だということも忘れるな。店の常連さんに、日本領事館の方がいる。すぐにでも父さんに会えるよう、俺が責任をもって橋渡ししてやる」

麗娜がびっくりしたように言った。

「パパ、どうしてそれを早く言わないの！」

「いや、いや」

おじさんは欧米人のような仕草で、でっぷりした自分の腹を指さした。

「さすがに黙っていられなくなったのさ。さっきの『蝶恋花』に感動して……思わず口をついて出たってとこだ」

方主任が冷静さを保ちつつ、絶賛した。

「子を思う親の気持ちは、万国共通ですな。香港の方が、そこまでしてくださるんだ。我々蘇州市役場としても、黙って見ているわけにはいかない。東北地方（旧満州）の日本残留孤児政策を参考に、何とか伝手を探ってみましょう。それぞれが力を尽くせば、きっと道は開けます！」

酔いの回った鈴木所長も話に割り込んできた。

「皆さん、私……鈴木は一介の日本人ではありますが、親心は持ち合わせているつもりです……星さん、東京でお待ちしていますよ」

鈴木所長はお酒よりも自分に酔った様子で、東京での再会を口にした。

「……」

動揺のあまり、言葉が出てこない。目の端に、涙ぐむ母の顔が映った。あれは哀しみの涙？　それとも喜びの涙？　妻の暁鶯も頬を紅潮させていた。あれは興奮？　それとも戸惑い？

その時、長年の宿敵である汪金栄の顔が頭をかすめた。彼は落ちぶれてもなお、私の動向を探っている。父との再会が自分にとって吉と出るか凶と出るか、どちらだろう？

「行くも来るも縁次第」……住職様の箴言が脳裏に浮かんだ。私は心を開き、すべてをありのままに受け入れようと決めた。

二十四

寒山寺の神秘的な鐘声が、私に答えを教えてくれたようだ。１０８回の除夜の鐘は、ただ煩悩を祓うためだけに鳴るのだろうか？　それとも心に巣くう数々の疑問を消し去るために鳴るのだろうか？　その悠悠たる鐘声を耳にした者は、誰もがそこに答えを見つけられると信じている。

月有阴晴圆缺　（月には陰陽円欠あり）
人有悲欢离合　（人に悲歓離合あり）

此事古难全　（此の事古より全《まった》きこと難し）
但愿人长久　（但だ願はくは人長久に）
千里共婵娟　（千里嬋娟を共にせんこと）

（宋時代の蘇軾＝蘇東坡《そとうは》の詩文）

蘇州「得月楼」での宴、香港「天香楼」の力添えは、私にとって生涯忘れられぬ記憶となった。

あの時は動揺のあまり返事に窮したが、涙混じりの「東京での再会」物語はこの後、怒涛の展開を見せる。

その話の続きは「第二部　拾得篇」で……。

（第一部　終）

第二部　拾得篇

一

東京西部の郊外に位置する風光明媚な青梅市。その市内にあるJR青梅線の「沢井」駅で下車し、十分ほど歩いた所に日本の「寒山寺」はある。

遠く中国蘇州市に位置する「寒山寺」と東京の「寒山寺」は、源流を同じくする。双方とも建立したのは、清時代の雍正帝《ようせいてい》より二仙に封じられた寒山と拾得である。

だが寒山は中国に留まり、拾得は縁あって日本に渡った。そのた

東京・青梅の「寒山寺」

め遠く離れた二仙はしばしば鐘声を響かせ合い、無事を確かめ合ったという秘話が現代まで伝わっている。

二

さて、私たちの物語は海を隔てた上海から始まる。

1980年代初頭、うららかな大通りは空気まで清々しく感じられた。普段は忙しく行き交う人々も一様に穏やかな表情を浮かべ、ゆったりとした足取りで歩いている。

在上海日本総領事館は、賑やかな中にも落ち着きを感じさせる淮海西路《わいかいにしろ》にあった。ちなみに、同地の旧地名「霞飛路《かひろ》」は、朝霞が天を飛んでいくという意味だ。

総領事館の正門前には、長蛇の列ができていた。並んでいるのは大半が、血気盛んな若者たちだ。

通りすがりの老人が、怪訝な面持ちで尋ねた。

「これは一体何の騒ぎだね?」

若者の一人が答えた。

「皆、日本に留学して、ひと儲けしようと思っているんですよ」

「ほぉ、昔の『煤球卡《まいきゅうか》(豆炭配給カード)』の行列に似ていると思ったら、そういうことか」

「いや、あんな時代は、もう、とうの昔ですから」

若者はそう言うと、周りの人たちがけらけら笑った。

列の後方には、やや場違いな印象を与える年かさの男が並んでいた。「寒山篇」でこの世の春を謳歌していた汪金栄だ。今の彼はどこか茫洋とした面持ちで、目を大きく見開き領事館のゲートの向こうを覗き見ている。

ちょうどそこへ新昭和特殊鋼研究所の鈴木所長の車が、我が趙星一家三人を乗せてやって来た。車窓から物珍しそうに行列を眺めていた私は、そこに汪金栄の姿を認めた。

領事館の応接室では、渡辺領事みずから私たちを出迎えてくれた。傍らで微笑む鈴木所長が、これまでの経緯を説明した。

渡辺領事が、ストレートに話を切り出した。

「外務省から、趙さんご一家に特例でビザを発給すると通知がありました。こんなことは前代未聞ですよ」

私は感激で胸が一杯になった。

「本当にありがとうございます。しかし……なぜそのような特別なご配慮をいただけたのでしょうか?」

私の左右に座る母と妻の暁鶯《ぎょうおう》も、うんうんとうなずいた。

領事が教えを乞うように、鈴木所長を見た。

「その点については、私もぜひ鈴木さんにお伺いしたいと思っておりました」

鈴木所長が慌てて答えた。

「いえいえ、私は何も。ただ趙さんの父方のご先祖が新潟県のご出身だというので、新潟の原田衆議院議員が大変関心を持たれましてね。同郷のよしみか、ビザ発給に特別なお力添えをいただいた次第で……」

母が身を乗り出して訊いた。

「あの……その原田さんというのは、原田和夫さんとおっしゃるのでは？中国語がお上手な方ですよね？」

私もその名前には、馴染みがあった。確か両親の結婚立会人だと、母から聞いた覚えがある。

「ええ、そうです。新潟県日中友好協会の原田和夫先生です」

と鈴木所長が目を丸くして答えた。

だがこの後、渡辺領事が、さらに次元の違う話を持ち出した。

「新潟は良い所です。日中友好の礎を築いた田中元首相のお膝元も、新潟でしたね。そう思えば、ビザ発給の経緯にも納得がいきます」

「ハハハッ……」

応接室に軽快な笑い声が響いた。


その日、我が家は喜びに満ち溢れていた。親戚や友人が続々と別れの挨拶にやって来た。古い付き合いのご近所さんたちは母の手を握ってあれこれ質問を浴びせ、しきりに羨ましがった。

来客の中に、汪金栄の姿もあった。彼は私の前に来ると、不似合いな笑顔を浮かべ、拱手した。

「やぁ、本当に良かったな。実は俺も今度、東京に行くことになった。向こうでも、星兄ちゃんによろしく頼むよ」

私は、さも当然のように答えた。

「いえ、金栄さんのほうが二歳も年上なんですから、こちらこそお世話になります」

汪金栄は顔を真っ赤にしていた。

「いや……お互い様だ。な、そうだろ」

その時、暁鶯があてこすりを言った。

「ほんと、昔は昔、今は今ですものね。お世話になった分は、きっちりお返ししないと」

汪金栄は何か言いかけて止め、きまり悪そうに背を向けて部屋を出て行った。その背後から、どっと笑い声があがった。

「こんな日が来るとわかっていたら、あの子だっていちいち星に突っかかることもなかったのにねぇ……」

ご近所の長老が、そう呟いていた。

三

上海虹橋《しゃんはいほんきょう》国際空港から、日本航空機が青空に向かって飛び立った。はやる気持ちを抑えきれない私は、隣に座る鈴木所長に声をかけた。

「これから私たちは、互いの物語の登場人物になるんですね」

鈴木所長は即座に、その言葉の意味を理解した。

「ええ、そうです。私たちは、新しい物語をつむぎ始めた……新たな協力関係の始まりです」

前列の母と暁鶯が、振り返って付け足した。

「あら、忘れないで。私たち二人も一緒ですよ」

「もちろんです。仲間は多いに越したことはありません」

ふと、数日前、香港の天香楼から届いた手紙が頭をよぎった。韓永春おじさん直筆のその手紙は、実にタイミングよく重要な情報をもたらしてくれた。

上海の汪金栄が私たちより、ひと足早く日本の留学ビザを取得し、香港経由で東京へ向かったというのだ。しかも、香港滞在中に某大国の情報機関と接触した形跡があるため警戒せよと書かれていた。

永春おじさんは私の日本の親族を捜そうと店のお得意様の伝手をたどって

いるうちに、その情報を入手したらしい。つまり、かなり確度の高い情報だということだ。

様々なルートから入手した情報をまとめると、事態はまるで推理小説のごとき複雑怪奇な様相を呈していた。

つい先日、中国東方航空の旅客機も上海虹橋空港から轟音を立てて飛び立った。

機内には、目を閉じてまどろむ汪金栄の姿があった。その時、彼の脳裏に、忘れがたい光景が蘇った。

上海の闇両替市場、汪金栄は辺りを警戒しながら闇両替商と値段交渉をしていた。二人とも、いつ警察に見つかるかと気が気でない様子だ。

「苦労して集めた金だ。損はさせないでくれよ」

闇両替商は任せろとばかりに胸を叩いた。

「安心しろって。ついでに香港に寄って、うちのボスを訪ねてみろ。そしたら、大儲けできるぞ」

闇両替商はきょろきょろと辺りを見回すと、半分に切れた名刺を差し出した。

汪金栄は寝ぼけ眼をかっと見開き、ポケットからその半分だけの名刺を取り出すとためつすがめつして、また注意深く仕舞いこんだ。


上空の景色は、変幻自在に姿を変えた。

東方航空機は、香港の啓徳空港に向けて緩やかに下降を始めた。

到着ロビーでは、恰幅の良い西洋人が二人待ち構えていた。彼らは汪金栄と上下半分ずつの名刺を継ぎ合わせると、丁寧な物腰で戸惑う汪金栄を先導した。


香港の繁華街。

大柄の西洋人二人が、汪金栄を摩天楼に招き入れた。

そこには、某大国の情報機関があった。掃き出し窓の厚いカーテンが、陽光を遮っている。ひょろりと背の高い金髪のボスは笑みを湛え、右手にキセルを持ったまま、左手で握手を求めた。汪金栄が左右どちらの手で応じるべきか、わからずまごついていると、ボスが言った。

「ハハッ、これは失礼。ここでは、左右の違いなど気にしないもので……私は『マッケラス』と申します。『ケチラス』と呼んでいただいてもかまいません。何もかも蹴散らして勝つ。どうです？　良い名でしょう？」

汪金栄は浮かれた声で答えた。

「マッケラス……いや、ケチラスさん、あなたは実にユーモアのあるお方だ」

「いいえ、単なる仲間内の戯れ言ですよ。上海で我々の友人と両替の取引をされたからには、あなたももう立派な仲間だ。日本に行かれても、ぜひご連絡下さい。一緒に、仕事をしましょう」

「両替の他にも、仕事があるんですか？」

「それはもう色々と。金より価値があるのは情報です。そして情報より尊いのが……使命」

「使命、ですか？」

「ハハハッ……時が来れば、あなたにもわかります。いずれにしても、あなたの未来は明るい！」

汪金栄はゴクリと唾を飲んだ。

「ありがとうございます。使命を全うできるよう、精一杯頑張ります」

ボスは白い歯を見せるとキセルを高く掲げ、宙に円を描いてみせた。

四

羽田空港に到着すると、鈴木所長が我々一家三人を貴賓室に案内した。原田議員が秘書と共に、そこで待っているという。

貴賓室の扉を開けると、風格漂う年配の男性が私たちを出迎えてくれた。

母は一目でその男性が誰かを見抜いた。

「あらまぁ……原田工場長じゃありませんか！」

「いやはや、さすがは細川さんの奥方ですね。三十年以上経つというのに、まだこの原田和夫を覚えておいででしたか……」

原田和夫さんは母の両手を握り、かすかに眉をひそめた。おそらく、母の手のひらの肉刺《まめ》に気づいたのだろう。

「さぞかしご苦労なさったことでしょう。この手のひらの肉刺を見れば、わかります」

「息子や嫁のためと思えば、何てことありませんわ……」

母は目を潤ませ、私と暁鶯を彼の前に並ばせた。

「この度は、本当にありがとうございます」

と私たちは口々にお礼を述べた。

原田和夫さんがぱっと目を輝かせた。

「おお、あの『夜泣き太郎』がこんなに立派になって、お嫁さんまでもらったのか。ご両親もさぞや喜んでおられることだろう……」

彼はそこまで言うと、不意に表情を曇らせて黙り込んだ。

どうしたんだろう？　何か胸に迫るものがあるようだ。

脇に控えていた青年が機転を利かせて皆を椅子にかけさせ、お茶を勧めた。彼は、中国語で自己紹介を始めた。

「私は、新藤と申します。漢字では新時代の新、藤の花の藤と書きます。上海《しゃんはい》復旦《ふくたん》大学に二年間留学し、現在は原田先生の秘書を務めております」

母は熱いお茶を手に取って言った。

「新藤さん？　漢字の説明が、とてもお上手ね」

「つたない中国語で恐縮ですが、どうかよろしくお願い致します」

母は感心したように言った。

「あらまぁ、そんなに謙遜しなくても……上海に二年いらしたのなら、上海語もおできになるの？」

彼は片目を細めた。

「一眼眼……」

その言葉を聞いて、私は彼との距離が一気に縮まった。

「『一眼眼』は上海語で、ほんの少しという意味ですよね。発音も話し方も、上海人そのものだ。驚きました」

体を大きくのけぞらせて仰々しく謙遜する彼を見て、皆、大笑いした。

私は原田さんの気持ちをほぐすために、彼がわざと道化役を演じたのだと気づいた。原田さんの顔に、少し赤みがさした。彼はソファに座ったまま腰をピンと伸ばし、指の関節をさり気なく動かした。

母が小声で新藤さんに問うた。

「工場長は、少しお疲れのようね?」

「失礼ながら、原田先生と呼んでいただいたほうがよろしいかと。国会議員ともなりますと、多忙を極めておりまして……」

彼は丁寧な物腰で、声を潜めて言った。

「この後も、北海道に飛ばねばならないのです」

「いやいや、何のこれしき」

耳聡く聞きつけた原田先生が、即座に言葉を引き取った。

「国会議員は、国民の中から選ばれた者です。国民の身になって考え、国に尽くすのは当然のことです」

その時、ようやく鈴木所長の出番が回ってきた。

「なるほど。国や国民のために働き、実績を残しているからこそ、議員でいられるというわけですね」

「ハハッ、さすがは新昭和特殊鋼研究所の所長さんだ。自然科学だけでなく、社会科学にもお詳しいようですね」

「いえいえ。そういえば、魯迅《ろじん》が『人生は一知己を得ば足れり』とおっしゃっていますね。人生には親友が一人いれば充分という意味だとか。今日はほんとうに良いお話を聞かせていただきました」

「人生を語るより、今は目の前のことに取り組みましょう。細川さんご一家の来日、鈴木所長とのご縁は、すべて蘇州の寒山寺に端を発するもの。蘇州は遠すぎて無理ですが、せっかくですから全員で青梅の寺に参るというのはどうでしょう？」

皆が一斉に賛同した。

鈴木所長が
「青梅と言えば、原田先生のお膝元でしたね？」

そう言いながら納得したように頷いた。

原田先生は
「ええ、そうです。議員としても、地元の文化に関心を持つのは大事なことですから」

と答え、新藤さんに参拝の手配と日程調整を命じた。

新藤さんはメモを取りながら、内容を復唱した。

「東京、青梅、寒山寺ですね」

「まぁ、東京にも『寒山寺』があるんですか？」

と母が瞳を輝かせた。

暁鶯も満面に笑みを湛えて、私に耳打ちした。

「お義母さんのあんなに嬉しそうな顔、久しぶりに見たわ。寒山寺と言えば、お義父さんとの思い出の地ですものね」

私は彼女をじっと見つめながら、あれこれ思いを巡らせた。

「蘇州の寒山寺は、確かに両親の思い出の地だ。でも東京の寒山寺が悲しみの地にならなければいいな」

私は少し、神経質になっていた。両親の話題になった途端、原田先生はさっと表情を曇らせた。何か私たちに言えないことでもあるのだろうか？

新藤さんが腕時計にちらりと目を走らせ、原田先生にそろそろ搭乗時刻だと伝えた。

皆が一緒に立ち上がり、原田先生は私たち一人ひとりと別れの握手を交わした。

五

羽田空港を出た私たちは、研究所の車で宿泊先である東京のホテルニューオータニへ向かった。道すがら、母と暁鶯は、窓の外を熱心に眺めながら話に花を咲かせていた。

鈴木所長と私は後部座席に座り、興奮冷めやらぬ声で貴賓室での出来事を語り合った。

「所長は、原田先生に随分と気に入られたようですね」

「まさか。こんな平々凡々な男が、議員先生のお気に召すわけがありませんよ」

「自然科学から社会科学までと、手放しで褒めていらしたじゃないですか」

「政治家の褒め言葉は、いわば励ましですよ」

「それはそうと、原田先生には何か言い残したことがあるように見えませんでしたか?」

「そう言われてみれば確かに。趙さんのご両親の話題に触れた途端、口をつぐまれたような……」

「どうしてだと思われますか?」

「下手な事は言えませんが……口には出せない事情があるのかもしれませんね」

「口に出せない事情？　やはり所長も、そうお考えでしたか」

「おかしいとは思っていました。ビザ申請の折に、私が趙さん一家の身元受取人になりました。その書類に署名をする時、ちょっとしたある秘密に気がつきまして……」

「秘密とは？」

「お父上に関する記載がどこにもなかったのです……」

「まさか。それは、父とはもう会えないということでしょうか？」

「その可能性もあるかと。だから、原田先生ご自身がわざわざ空港までお迎えにいらした。それに、そう考えれば原田先生の様子がどこか妙だったのにも説明がつきます」

「そうですね……原田先生はその真実を告げるタイミングを見計らっておられるのかもしれません」

「おそらく、近いうちにお話があるでしょう」

「それは……日本の寒山寺でということでしょうか？」

「ええ。寒山寺ほど、真実を伝えるのにふさわしい場所はありませんからね」


いつの間にか、日が傾いていた。車窓に、色とりどりのネオン瞬くきらびやかな大都会の夜景が映る。

暁鶯がはしゃいだ声をあげた。

「東京の夜って素敵ね。上海の夜景なんて、比べ物にならないわ」

だが母は、全く違う感想を抱いたようだ。

「東京も上海も良いけれど、雅さで言えば蘇州が一番ね」

暁鶯が、いたずらっぽく忍び笑いした。

後ろで聞いていた鈴木所長は、母が「雅」という言葉に込めた意味を感じ取っていた。日本語の「雅」は、伝統美を表す言葉だ。人名や屋号、物の名前にも多用され「雅楽」といった音楽の名称にもなっている。そう思い至った彼は、口の中で呟いた。

「ご母堂は、蘇州に強い愛着をお持ちのようだ。『雅』という言葉にも、奥深い意味を感じますね」

「そこまで深くご理解下さると、母も喜びます」

私は心の底から感嘆した。

「いえいえ、お礼を言うのはこちらのほうです。蘇州の寒山寺に参拝した折には、鐘声から禅の神髄を学び、そこに真の人類愛を見出しました。それもひとえに、趙さんのおかげです」

鈴木所長は、そう熱を込めて語った。

車は「ブブッ！」というクラクションを合図に、曲がりくねった横道に入っていった。宿泊先のホテルニューオータニが、すぐ目の前に聳え立っていた。ホテルの上部は、麦わら帽子のような形をしている。あれが、映画『人間の証明』の事件現場に使われた場所か。主題歌の中にある「ｓｔｒａｗ ｈａｔ」という歌詞が耳元でこだまし、私は思わず怖じ気づいた。　自分と同じように戦争で生まれた「混血児」の運命に、同情すべきなのだろうか。それとも、自分には無関係だと前向きになるべきなのだろうか。

六

私たちは鈴木所長の組んだ旅程に従い、三日間の自由観光に繰り出した。

初日は、ノスタルジックな上野巡りだ。

上野駅は、東京から北へ向かう鉄道の要衝で、周辺は早くから栄えてきた。鈴木所長は車ではなく電車で移動するために、わざわざ上野をスタート地点に選んだようだ。市井の暮らしを知り、生活になじむためにはそのほうが良いと考えたのだろう。

上野一帯は、様々な身なりの人々が慌ただしく行き交っていた。電車は通勤・通学の時間帯でもないのに、比較的混みあっていた。

私たちは、上野から地下鉄に乗り、数駅先の浅草で下車した。そこから少し歩くと、視界に華やかな光景が飛び込んできた。浅草寺の門前は、人で溢れかえっていた。大門の中央からは赤地に黒文字で「雷門」と書かれた直径4メートルほどの提灯がぶら下がり、左右の勇ましい風神雷神像を引き立てている。とてつもなく大きな提灯と風神雷神の威風が国内外からの観光客の目を一瞬で奪い、多くの者の心を虜にした。

その時ふと、上海《しゃんはい》の南市《なんし》（上海市にかつて存在した市轄区）にある「上海城隍廟《しゃんはいじょうこうびょう》」が脳裏に浮かんだ。いつも賑やかな場所で、線香の煙が絶えない。だが人の動きは心の動きに及ばず、線香の火は心の火に勝てない。心の火が燃え盛り、人心が集えば、どんな事でも思いどおりになる。

母と暁鶯も私の傍で、上海城隍廟のことを話していた。目の前の光景に感激した二人は、口々に感想を述べた。

「上海の城隍廟にもたくさんの線香がありますけど、浅草寺の雷門は一風変わっていておもしろいですね」

と暁鶯が言うと、母はこう応じた。

「本当に、あの大提灯には驚かされたわ。でも公平を期するためには、城隍廟には観るもの、遊ぶもの、美味しい食べ物があるということを付け加えておかないとね」

鈴木所長がからからと笑った。

「なるほど。私も上海の城隍廟には行ったことがありますが、観るもの、遊ぶもの、美味しい食べ物ならここにもありますよ」

そう言うと鈴木所長は我々三人を雷門の中へ案内し、心ゆくまで見学させてくれた。

母と暁鶯は、参道の両側にずらりと軒を並べる商店とその盛況ぶりに目を見張った。

「店はこぢんまりしているけれど、素敵なものが沢山あるわ！」

と暁鶯が弾んだ声を上げた。

「これだけ賑わっていたら、商売繁盛でしょうね」

と母は商売人の目線で仲見世を眺めた。

私たちは仲見世を散策しながら、目の前の景色と城隍廟を心の内で比べ、それぞれの長所を探した。

そうこうしているうちに、私ははたと気づいた。国は違えども我々東洋の民族は、いずれも文化の根が深い。その根が深ければ深いほど、木は大きく育つ。それは優れた技を持つ者が偉業を成し遂げたり、澄んだ声を持つ者が歌声を遠くまで響かせることができるのと似ている。

歩きながら感じたままを鈴木所長に伝えると、彼も大いに賛同してくれた。

「以前はここによく遊びに来ていたんですが、その頃私も同じようなことを考えたものです。それを今日趙さんと共感しあえて、嬉しいですよ」

「これぞまさに……」

私は鈴木所長が差し出した両手を、固く握った。二人はほぼ同時に叫んだ。

「以心伝心！」

七

二日目は、モダンな銀座を巡った。

鈴木所長は午前中、会社で急ぎの仕事を片付けると、午後、慌ただしくホテルに迎えにやって来た。私たちは、地下鉄で銀座へ向かった。

日本で最初に開通した地下鉄、それが私たちの乗った大都会東京を走る「銀座線」だ。その名のとおり、銀座を中心とした、首都の都市計画の先見性を感じさせる路線だ。そうした分野に関心を持つ私は、出発前にわざわざ路線図を用意していた。

駅に着いて外へ出ると、駅名だけでなく通りにまで銀座の名が冠されていた。戦前の平和な時代、ここは銀行や両替商、宝飾店等の洋風建築が立ち並ぶ、国家に匹敵するほどの財を成している繁華街だった。銀座と呼ばれるようになったのは、金山の一角を占めるからだけでなく、当時の日本がアジア一の繁栄を極めていたからだ。

だが太平洋戦争が勃発してからというもの、兵器が手綱の外れた野生馬のように日本を荒らしまわった。銀座もその例に漏れず、壊滅的な被害を受けた。報復という名の下に東京上空から投下された爆弾が、きらめく宝石のごとき銀座を燃やし尽くした。

戦争という悪魔は、その鉄槌で人々に懺悔を促した。爆撃によって華やかな銀座の街は焦土と化し、後には満身創痍の和光ビル（当時の名称は「服部時計店」）だけが残された。「和光」という名は、まるで平和を尊び大地に光を取り戻せという天からの啓示のようにも思える。

私は、九死に一生を得て今なお燦然と聳え立つ銀座のランドマーク和光ビルを仰ぎ見た。銀座中央通りの交差点に曲線を描くファザードを向ける、東洋と西洋の建築様式が見事に融合した重厚なビルだ。それは日本が明治維新以降、西洋文化を積極的に受け入れてきたことを容易に想起させた。この交差点にある「和光」は「和を以て貴しとなす」という日本古来の教えを具現化したものといえよう。

装いも新たに生まれ変わった現在の和光は、正面に建つ壮麗な三越百貨店と共に、銀座の街を美しく彩っている。

銀座の交差点に立つ我々四人は街の賑わいに気分を浮き立たせ、早くどこかへ行きたくてそわそわしていた。私は一人、密かに考えを巡らせた。

母はきっと懐かしさを感じさせる和光に行きたいのだろう。お洒落な暁鶯は、三越を選ぶはずだ。そしてハイテクに関心の高い鈴木所長と私は、この先にあるソニーのショールームに行って最新技術に触れたい。

相談の結果、予想どおりの展開となった。まずは母の願いを叶えるために、目の前の和光ビルに入った。母はショーケースを飽きるほど巡ってから、こっそり私に耳打ちした。

「結婚式であの人が贈ってくれたシルクのスカーフは、この店のものだったの。今日ここに来ることができて、本当に良かったわ！」

次に、暁鶯の希望どおり三越百貨店に向かった。そこで私は日本製品が欲しいという妻の願いを叶えるために、散財する羽目になった。彼女ははしゃいで鏡の前でモデルばりにポーズを決め、我々は思わず声を立てて笑った。

銀座は、時代の最先端を行く街でもあった。鈴木所長によれば、軒を連ねる創業百年の老舗も新たな戦略を打ち出し、進化を続けているという。

また、世界にその名を馳せるソニーも、最新のハイテク機器で人々を魅了していた。

最後に、ようやく男性陣の番が巡ってきた。私たちは手っ取り早く新製品のパンフレットを選び、持ち帰ってじっくり研究することにした。

それぞれに満足した私たちは、それでもまだ名残惜しく、ショールームの休憩所に腰を下ろした。私は持ってきた銀座付近の路線図を取り出すと、鈴木所長に大まかな位置関係や観光名所を尋ねた。

銀座から南北に目を走らせると、すぐ北に皇居、南に晴海埠頭があった。そのあまりの近さに、私は驚いた。

鈴木所長の解説によれば、皇居は日本の象徴たる天皇の居所だという。

二千年余りに渡り連綿と続いてきた皇室は、立憲君主制を経て、天皇が象徴となった今でも国民の尊敬を集めているという。それは日本が敗戦の焼け跡から立ち上がり、復興を遂げる原動力にもなった。

私は思った。皇帝が二千余年もの長きに渡り万世一系を維持した例は、世界でも他に類を見ない。世界は言うに及ばず、中国だけでも五千年の間にどれだけの王朝が現れては消えたことだろう?

龍脈(風水で繁栄の気が流れる道筋のこと)が絶たれると、各地から一斉に戦いの狼煙が上がる。果てなき争いは、民衆にとって災いでしかない。その点、数百年続く王朝を築いた唐の太宗や宋の太祖は、大変賢明だったと言える。中華の王道は、悲しいかな、幾度か途切れながらも何とか道を繋いできたのだ。

今日の銀座ほど「温故知新」という言葉に相応しい街はない。眼前の賑わいはどこから来て、どこへ向かうのだろう? 私は改めて地図に目を落とし、北の皇居から南の晴海埠頭までを辿った。広々とした港に、倉庫が並んでいる。百の川の水を容れる海が、きっとすべてを受け止めているのだろう。

八

三日目は横浜を散策した。

母は歳のせいか、連日の観光に少し疲れ気味だ。昨日、父が桜柄のスカーフを買った和光を見て、夢心地だということもあるのかもしれない……今日は、母は一人ホテルで休むことになった。

私たちは、研究所長として多忙を極める鈴木所長にこれ以上負担をかけたくないと、アテンドを断った。それに横浜をぶらつく程度なら、暁鶯の英語と私の日本語で十分事足りる。

国際貿易港として名高い横浜は、どこか上海に似ていると聞いていた。街路沿いに洋館が立ち並ぶ様は、思いのほか壮麗だ。散策するうちに上海バンドにいるような錯覚に襲われた私は、デートを重ねた恋人時代を思い出し、自然と妻の腕を取った……道理で、母にいつも「ロマンチスト」だと言われるはずだ。

いやいや、そんな甘い気分に浸っている場合ではない……日本に来たのは自分のルーツを探し、父に恩返しをするためだろう？　寒山寺の鐘が結んだ縁を捜すという母の宿願を忘れたのか？


頭の中で問答を繰り返しながらそぞろ歩くうちに、いつの間にか横浜中華街まで来ていた。

ここは、一流の中華料理店が集う美食の天国だ。

あちこちに宴会をするために集まる人々の姿があった。老若男女問わず、誰もが和気あいあいと楽しそうだ。

誇張でも何でもなく、街中に各地の名菜の香りが漂っている。その美味しそうな匂いにつられて、思わずお腹が鳴った。

飲食店街は縦横に広がっていた。私は左右に所狭しと並ぶ看板をせわし気に眺め、旨そうな店を探した。その時、私はやにわに顔を輝かせ、暁鶯の袖を引いた。

「おい、あの斜め前の店……」

「天香楼？」

暁鶯は驚いたように目を見開いた。

「中に入って聞いてみよう。もしかすると香港の……」

私はそこまで言うと、妻の手を引いて歩き出した。

店主の回答に、私たちはびっくり仰天した。予想に反して、オーナーは四川《しせん》の人だった。美味しいものに洋の東西はないとでもいうのか、儲けのためならどんな料理でも出す店のようだ。私は店主のあまりの器用さに呆れ果て、二の句が継げなかった。

ようやく我に返った私は、早口で暁鶯に言った。

「そういえば、永春おじさんの名刺にはちゃんと、『香港天香楼杭州料理店』と書いてあったな」

「杭州料理店、そう、それも立派な店名の一部ですものね」

と暁鶯も畳みかけるように応じた。

そうだ、店名にも商標権はある。だがこの広い世界に、似て非なる名前の店があっても不思議はない。

ちょうどその時、正午を告げる澄んだ鐘の音が鳴り響いた。教会の鐘の音に似ている。近くに教会でもあるのだろうか？　私たちは、東洋と西洋の文化が交錯する横浜の街をそぞろ歩いた。


刺激的な自由行動の三日間は、あっという間に過ぎていった。

その間、ホテルニューオータニに出入りする度にじっと屋根の「麦わら帽子」を見上げ、様々な感慨にふけった。だが、私には確信があった。何事も自分自身で味わわねば、真の味はわからない。耳を澄まさねば、聞こえない音もある。私は「寒山寺」の鐘声から、人情の移ろいやこの世の苦楽を感じる日を心待ちにしていた。

九

三日後、私たちは鈴木所長の厚意で、研究所の社宅に移り住むことになった。超一流のホテルニューオータニに三泊させてもらえただけでも、破格の待遇と言えた。それに社宅に移れば期限を定めず、双方が納得いくまで提携事業を進められる。

そういった意味で、今回の鈴木所長の提案は面子と実利実益の双方を満たすものだった。あるいは「忖度」がなされていたのかもしれない。

母は「どちらも快適であることに違いはない。それよりも東京の寒山寺に行って梵鐘の音を聞きたい」と気が急いているようだった。

私たちが出発の準備を着々と整えていると、新藤さんから鈴木所長に電話があった。明日の午後、原田先生と研究所で落ち合い、青梅の寒山寺へ鐘声を聞きに行こうというお誘いだった。

新藤さんは、どこか奥歯にものが挟まったような言い方をした。もしかして今回の寒山寺行きには隠された意図があるのかもしれない……。

出発の日、原田先生が新藤さんを連れて時間どおりに研究所にやって来た。彼は母の手を握り、私たちの暮らしをあれこれ気遣ってくれた。そばで聞いていた暁鶯と私は、ありがたさで胸が一杯になった。

鈴木所長が特別に八人乗りの車を用意してくれたおかげで、全員一緒に気ままにお喋りを楽しみながら寺に向かうことができた。

今日の主賓である原田先生と母が、最前列に座った。

私と暁鶯は必要な時には通訳ができるよう、その後ろに陣取った。

ユーモア溢れる鈴木所長は助手席を選び、これで前後どちらにも目が行き届くと笑った。確かにそのとおりだ。青梅の寒山寺へ向かう道は、おそらく平坦ではないだろう。それに原田先生の傍でお世話をするのも、鈴木所長としては当然のことで、助手席は最善の選択だった。

後ろを振り返ると、新藤さんがぽつねんと座っていた。だが、それもいいだろう。毎日、議員のために身を粉にして働いているのだ。いざという時に備えて、存分に英気を養っておけばいい。

十

私たちを乗せた車は大都会東京を走り抜け、高速道路に乗った。車は空へと駆け上るように、音もなくスピードを上げた。

車の旅は、足下から始まる。運転手の足は、機敏に絶え間なく動く。ゆったり寛いでいるように見える乗客たちも、心の中で旅をしていた。散歩する者、走り回る者、中には道すがら、人生という旅路の価値を見つめなおす者もいた。

原田先生は感慨深げに呟いた。

「奥さん、三十数年経って、ようやくお会いできましたね……」

母は何度もうなずいた。

「ええ……本当に何とお礼を申し上げたらいいか」

「いえ、私は何も。お礼なら、実の弟さんに言って下さい」

「文栄に?」

「ええ、そうです。弟さんはすごいですね。一流の将棋の腕を生かして、あちこちにネットワークを広げ、日本にも将棋仲間がおられるようだ」

「そういえば前に、いざという時に頼りになるのは友人だと言っておりましたわ」

「ええ。弟さんの将棋仲間が、読売新聞にこの原田和夫を捜す尋ね人の広告を出してくれたそうです」

「では、それをご覧になって?」

「いえ。広告よりも先に、情報が耳に入ってきました」

「支持者の方が心配して、知らせてくださったんですね」

「支持者あっての我々ですから、私も常に有権者のことを最優先に考えています。ましてや奥さんのことだ」

母の目に、涙がきらりと光った。

「本当に、ご迷惑をおかけしてしまって……」

原田先生は小さく手を振った。

「そんな、とんでもない。奥さんのことを一番気にかけているのは、香港天香楼の韓さんですよ。彼が香港の日本領事館を通じて外務省に働きかけてくれたからこそ、私も公正に手続きを進められた」

助手席でじっと話に耳を傾けていた鈴木所長が振り返り、落ち着いた口調で言った。

「原田先生は清廉なお人柄だと、もっぱらの評判ですからね」

「そうでありたいと願っている。いらぬ噂話をされたくはないからね……」

「そういう人たちは、重箱の隅をつつくみたいに与党議員の粗探しをして、騒ぎ立てたいだけですよ」

鈴木所長はその隙に政権を乗っ取ろうとする者がいると、言外にほのめかせた。

「だが、監視の目があるのは良い事です。それでこその健全な民主主義の社会だ」

原田先生の鷹揚な態度に、私は尊敬と誇りを覚えた。

高速を降りた車は、やがて平坦な青梅街道を駆け抜けた。

前方にうっすらと、曲がりくねった峰々が姿を現した。

史料によれば、青梅街道は江戸城普請の際、石灰石を運搬するために開かれたのだという。その大業を発案、指揮したのが、かの有名な徳川家康だ。先人の苦労のおかげで、後の世に生を享けた我々はこうして車を走らせることができる。

私はそこに時の流れを感じると共に、歴史の記憶がいかに消し去りがたいものかを感じ、どこからか、寒山寺の鐘声が聞こえたような気がした。脳裏にふと、苦難を乗り越え日本に渡った拾得和尚の姿が浮かんだ……。

和合の神である寒山と拾得は、離れ離れになり互いの鐘声を聞くことしか叶わなかった。この世の苦しみに古今東西の別はなく、移り変わる時を引き戻すこともできない。

私は前列の背もたれの隙間から顔をのぞかせ、遠慮がちに尋ねた。

「お邪魔してすみません。蘇州寒山寺の拾得和尚は、どうやって青梅まで来られたのでしょうか？　日本までの道のりは、苦労の連続だったことでしょうね」

原田先生はにっこり微笑んだ。

「ああ、そうだろうね……お母様にはお話ししようと思っていたのだが、趙さん一家が無事に来日できたのも、実は拾得和尚のおかげだと私は思っている」

「拾得和尚の？」

私はぽかんとして尋ね返した。

「そう。鐘声が、尊い真実の愛を伝えてくれたからだ」

彼はそう言葉を継いだ。

その時、母が不意に目を大きく見開いた。何か言おうとするけれど、言葉にならない……。

「寒山寺の和合の神は、108回の鐘声によってのみこの世に遣わされる」

原田先生は熱っぽく語り続けた。

「それゆえ蘇州寒山寺の神像が遣唐使に贈られる際、鉄鐘も共に寄贈された。その鐘は、長旅に耐えられるよう小さなものであったそうだ」

「原田先生は、博識でいらっしゃる……しかし古代の僧侶たちの気遣いは、実にこまやかですね」

鈴木所長は製鉄の専門家らしい感想を口にした。

「遣唐使の持ち帰った鐘は小さくても、非常に美しかった。そして日本の名工がその鐘を元に、大きな釣鐘を作った。それが山深い青梅の寺に置かれ、聖なる音を響かせているというわけですね」

「ええ。打たねば鳴らぬという言葉がありますが、鐘は撞く者によって、音が変わると言われています」

その明快にして深い示唆に富んだ言葉が、私をまた思考の迷路に突き落とした。その鐘のある寺とは？　その寺を司る者とは一体？　そうだ、鐘声によって名声を高めた寺があるではないか。

「青梅寒山寺の澄んだ鐘声はつとに有名だが、それもすべて拾得和尚が住職を務めておられたがゆえ……」

原田先生は、そこで一旦言葉を切った。

「創建当時は拾得寺という名だったそうですが、それでは参拝客がとんとやって来ない。そこで調べたところ、同地の人々は寒山の名は知っていても、拾得の名には馴染みがないとわかった。寒山は詩作により、天下に名を馳せていましたからね。それを知った拾得は、すぐに寺の名を寒山寺と改めた。それからというもの、寺には線香の煙が絶えなかったと聞いています」

いつの間にか全員が、原田先生の話に夢中で聞き入っていた。そして次々に窓の外を眺め、青梅寒山寺の姿が現れるのを今や遅しと待ちわびた。

その時、母が落ち着かない様子でいるのに気づいた。母は囁くような声で原田先生に言った。

「今日まで、細川の事を想わない日はありませんでした」

「そうでしょうとも。彼は……彼は、寒山寺にいます」

母が勢いよく私の肩をつかんだ。

「寒山寺？　どこの寒山寺とおっしゃったの？」

私は慌てて言葉を付け足した。

「それは……この先にある寒山寺でしょう」

「それは本当なの？　あの人は……出家してしまったの？」

母は動揺のあまり取り乱した。

「いや……ひとまずどうか、落ち着いて下さい」

原田先生は、懸命に母をなだめた。

「向こうに着いたら、すぐに和尚様に会えますから。あなたが良くご存知の和尚様に……」

私はその言葉に、原田先生の一方ならぬ心遣いを感じた。

「その和尚様って、どなたかしら？」

と暁鶯が私の耳元で呟いた。

「これが答えを知っている顔に見えるか？」

と私もため息まじりの囁き声で答えた。

十一

車は徐々に速度を落とした。窓の外には、山間をそよそよと流れる清流が見えた。川面は太陽の光を浴びて、きらきら輝いている。

前方に突然、吊り橋が現れた。そそり立つ柱としなやかなケーブル……整然と並ぶ床版の上をのんびり歩く人の姿も見える。その悠然とした様に、思わず感嘆のため息が漏れた。

私たちはそこで車を降り、歩いて吊り橋に向かった。

「へぇ、楓橋ですって」

暁鶯が目ざとく橋の名を見つけた。見上げると大きな柱に、風変わりな梁が渡されていた。そこには勇壮で洗練された文字で「楓橋」と刻まれている。

ソプラノ歌手のような暁鶯の声につられて、皆が一斉にその文字を仰ぎ見た。この橋は、寒山寺詣でのために架けられたものだろう。それなら、目指す寺は川の向こう岸にあるはずだ。だがあの時代に、こんな近代的な橋があるはずもない。それなら拾得和尚は、どうやって川を渡ったのだろう？　いかにして寺を建てたのだろう？　疑問は尽きなかった。

「多摩川だ」

と傍らの原田先生が言った。

「多摩川は日本名川の一つで、母なる川とも呼ばれている」

すぐ後ろにいた新藤さんが、ひとりごちた。

「母なる川、なんと美しい」

その時ちょうど、母が隣にやって来た。川の話をすると、母は頬を紅潮させた。私にはそれが感激のせいか、動揺のせいか、わからなかった。

最後に、鈴木所長が息せき切ってやって来た。

「お待たせして、すみません」

そう言うと川のほとりを指さした。

「運転手さんに駐車する場所を教えていたら、偶然近所に住む友人とでくわしまして」

「ほぉ、ご友人というより飲み友達なのでは？」

原田先生の軽口に、皆、思わず笑い声を上げた。

「いやぁ、バレてしまったらしょうがないですね」

と鈴木所長は正直に白状した。

「川のほとりに、小澤酒造の展示即売所がありましてね。酒の良い香りがすると有名なんです。私も国内外のお客様の案内やプライベートで来ると、一杯やりながら大いに語らうというのが癖になっているんですよ。ハハッ」

皆、納得したように微笑むと多摩川をまたぐ吊り橋を渡り、謎に包まれた日本の寒山寺へと向かった。

楓橋を渡って少し行くと、周囲の景色ががらりと変化した。凸凹で曲がりくねった道は、陸游《りくゆう》（南宋の詩人で政治家）の「山重水复疑無路、柳暗花明又一村（山重なり川くねり道なきかと疑うも、柳の影と花の明かりの向こうに村が現れた）」という詩を思わせた。とにもかくにも、この先にある寒山寺は特別な風情のある場所に違いない。そうでなければ国会議員や秘書、研究所長、我々一家三人までもが大挙して「観光」に来ようなどと思うはずがない。

山の斜面を登ると、眼前に待ちわびた光景が現れた。そそり立つ東屋。四本の柱の中央には巨大な鉄の鐘がぶら下がり、傍らには撞木がかかっている。これが、寒山寺の鐘楼に違いない。山を背に川に臨むその鐘楼は、天下を睥睨する英雄の気概をまとっていた。

静かに佇む鐘楼を前に、私たちは浮き足立った。皆、我先にと鐘に駆け寄り、あちこちに触れ、ためつすがめつした。誰かが両手で撞木を抱えそっと前に推しだすと、「ボーンッ」と思いのほか大きな音が鳴った。まるで天上の

多摩川沿岸に佇む鐘楼

響きのようだった。

「これは失礼しました。ついやってみたくなって……」

と鈴木所長がばつの悪そうな顔をした。

「こんな山奥に来てまで、研究ですか？　ハハハッ」

原田先生がそうまぜっかえすと、全員どっと笑った。

「幸運に恵まれた人が撞くと、澄んだ音がするそうです。せっかくですから、運試しにやってみましょうか」

鐘楼に笑顔があふれた。私は横目で母を見た。かなり落ち着きを取り戻したようだ。

先陣を切って、原田先生がどっしりとした構えで鐘を撞いた。鐘声が「ゴーンッ！」と高らかに響き渡った。

その後に、新藤さんが続いた。若者らしく力いっぱい撞木を突き出したが、撞き方が悪いのか拍子抜けするような弱々しい音がした。

暁鶯はやる気はあるが、力が伴わない。どう持っても、撞木がぐらぐら揺れてしまう。

手を貸そうとした私の目の端に、母の姿が映った。私は母の手を引き、三人で力を合わせた。鐘はゴォオンと共鳴した。

鐘声、笑い声とそれぞれの心の声が、鐘楼から山裾の母なる多摩川へ、そして山上の相思相愛の地である寒山寺へと流れていった。

十二

横道を曲がると、遥か頭上に寺院が現れた。遠くからでも、重厚で質朴な味わい深い「寒山寺」の文字がくっきりと見える。

だが寺へ向かう道は険しい。眼前に続く切り立った階段は、ざっと数えても三十段近くはある。

長い年月のうちに風雨に蝕まれた石段はところどころ剥がれ落ち、ガタついている。若者はさておき、年配者が昇るのはかなり危険だ。

寺へと向かう険しい階段

相談の結果、新藤さんが原田先生を、私と暁鶯が両脇から母を支えることになった。鈴木所長が原田先生に声をかけ、どうしても一人で先頭を行くと言い張った。そこで私たちは、一人目、二人目、三人目と縦列になって順々に階段を上がることにした。

鈴木所長は子どものようにはしゃぎ、飛ぶようにして階段を駆け上がり……瞬く間に姿を消した。

私たちが息も絶え絶えに最後の一段を昇り終え、寒山寺の門前に着いた時、中から仙人のような貫禄ある和尚様が現れた。その背後には、にこやかに笑う鈴木所長の姿があった。

私は、鈴木所長が真っ先に駆け上がって行った理由を必死で考えた。

原田先生との間に、何か暗黙の了解があったのだろうか？　和尚様と一方ならぬご縁でもあるのだろうか？

私が悩んでいると、不意に寺から四人の上品な青年僧が出てきた。

彼らはしきたりどおり和尚様の両側に並び、これ以上ないほど恭しく胸の前で合掌した。

鈴木所長がさっと前に進み出て、いそいそと原田先生に和尚様を紹介した。

「寒山寺の新任の住職様です。今日は特別に、お弟子様を連れてお出迎え下さいました」

「釈永熙《しゃくえいき》と申します。本日は、ようこそお運び下さいました」

原田先生が和尚様の名刺を受け取り、代わりに自分の名刺を差し出した。

「お噂はかねがね。本日はお目にかかれて光栄です」

原田先生はそう挨拶すると、和尚様の名刺を私と母に渡した。

「日中仏教界友好交流交換法師」という肩書を見て喜ばしい驚きを感じた私は、慌てて母に耳打ちした。

「いや、これは驚いたね。しかしあの和尚様、どこかでお見かけしたような……あっ、そうだ。あの『車泥棒の将』の……」

「車泥棒の将？」

と母が目を大きく見開き、まじまじと名刺を見た。

「中国蘇州寒山寺派遣僧　釈永熙」

「蘇州の寒山寺！」

きっと今ごろ母の胸には、美しい思い出や悲痛な思慕、夢幻のごとき憧れが蘇っていることだろう……母は食い入るように和尚様を見つめた。若き僧侶の姿が、記憶の底から浮かび上がってきた。負けた赤ら顔の若い僧侶、立派な和尚様になられた後の驚くべき「将と帥の対面」、そして今日の予期せぬ再会。まさに、和尚様の珠玉の名言「行くも来るも縁次第」ではないか。

一枚の名刺が様々な記憶を呼び覚まし、眼前の和尚様の姿と重なった。その刹那、過去は夢のごとく去り、私は今日の再会に胸を震わせた。

私たちはぞろぞろと寺の中へ入っていった。静謐な境内が、一瞬にして熱気に包まれた。

本堂はこぢんまりとしていたが、装飾は壮麗で洗練されていた。中央には、蓮台に坐する釈迦牟尼像が安置されていた。その左右のお供え机には様々な

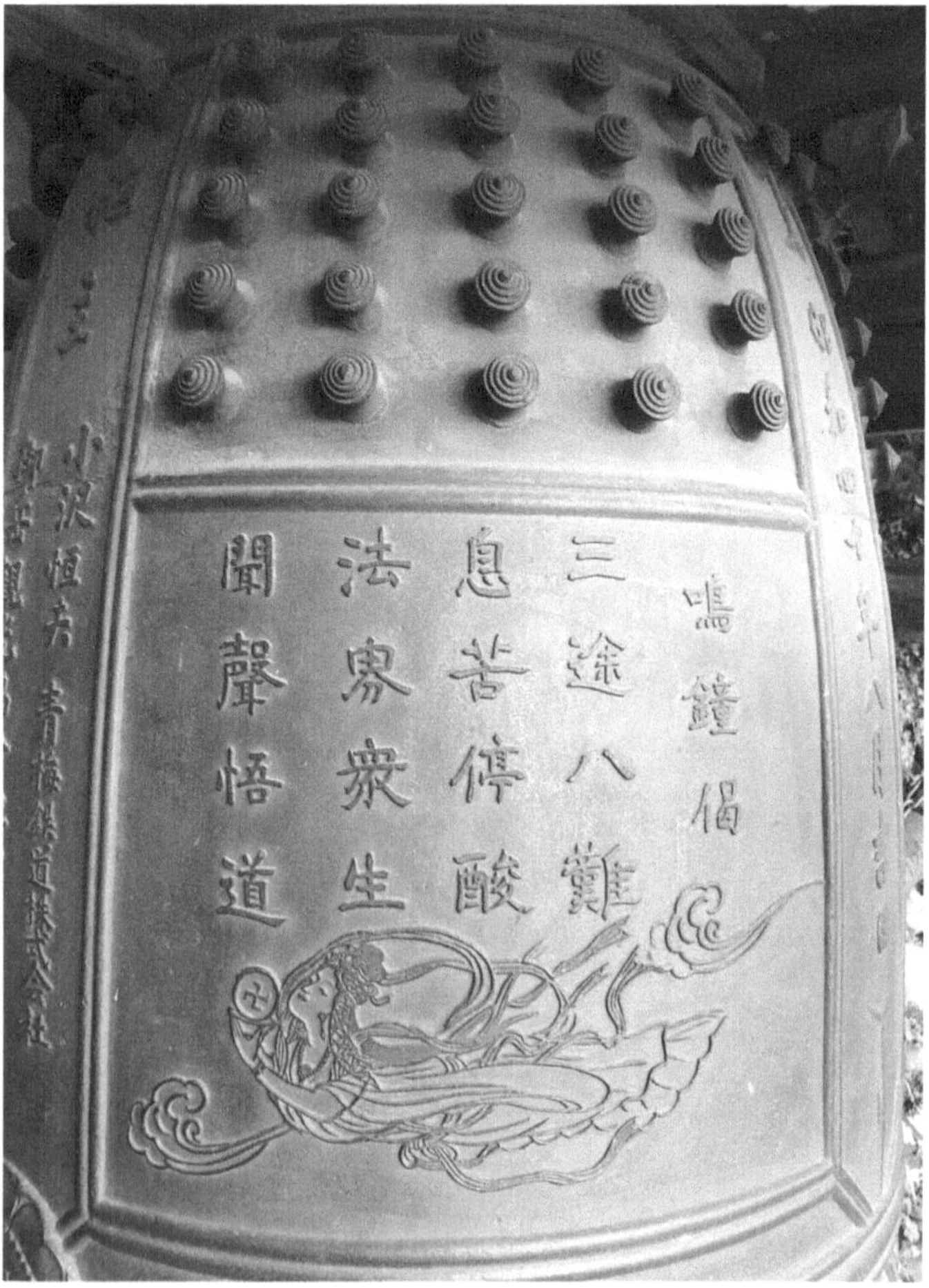
鳴鐘偈
三途八難
息苦停酸
法界衆生
聞聲悟道
小沢恒吉
青梅鉄道株式会社

蘇州の寒山寺を思い出させる鐘

お供え物とご位牌がそれぞれ置かれている。

和尚様は仏像の前に立ち、説明を始めた。

「日中両国の交流は仏教学から始まり、今に至るまで連綿と続いて参りました。日本の遣唐使は計り知れぬほどの功徳を積まれ、この釈迦牟尼像を千里はるばる中国から日本へと持ち帰られたのです。何と素晴らしきことにございましょう」

原田先生は感じ入ったようにうなずいた。

「心に仏様の姿があれば、どんな苦労も乗り越えられるというわけですな。和尚様は説法もですが、寺の運営にも向いておられる。蘇州から青梅にお越しになり、山河を駆け巡って、半年足らずで寺をここまでもり立てられるとは……」

「いえ、それもひとえに風水の吉祥地である『多摩川』の恩恵にございます」

そう言うと住職は話題を変えた。

「傑物が出ればその地は有名になると申します。寺の名声は、彼ら後継者の肩にかかっておると言っても過言ではございません。この四人は、いずれも名のある大学で哲学や仏教学を学んだ優秀な学徒でございます。彼らこそ、日本仏教界の未来を担う者たちです」

周囲から盛大な拍手が送られた。青年僧たちは頬を赤らめ、一歩後ろに下がると、身を低くした。

「おやおや、隠れようとしてもムダですよ。隠れたところで、君たち四人がいることはわかっているのだから」

という鈴木所長の言葉に、皆、手を止めて笑った。

だが母だけは硬い表情を崩さず、鈴木所長の袖を引いた。

「すみません。ここには、他にも和尚様がいらっしゃるのでしょうか?」

「ここは山沿いの狭い土地ですから、蘇州の寒山寺ほどの規模はありません。いらっしゃるのも、先ほどご紹介した方々だけです」

鈴木所長はそこで、声を潜めた。

「住職様が来られるまで、ここは実にさびれた寺でした」

母は、その言葉にひどく狼狽えた。顔から血の気が引き、体がぐらりと揺れた。母の動揺を察した原田先生と私はさっと手を伸ばし、母を支えた。和尚様がすぐさま青年僧に椅子を運ばせ、母の肩を抱いてそこにかけさせた。

母は腰を下ろすと、住職を仰ぎ見てお礼を言った。

「ありがとうございます」

「おや、中国のお方でしたか」

「はい。以前、お目にかかったこともございます」

「はて、それはどちらで？」

「蘇州の得月楼でございます」

「おお……さようでございましたか、あの時の……。では今日は、あの日のお返しをさせていただかなければなりませんな」

住職はそう慇懃に言葉をかけた。

「お返しなど結構ですから、正直に答えて下さい」

「仏様の御前で、嘘は申せませぬ」

「ではお尋ねしますが、ここには他にも和尚様はおられますか？」

「先ほどご挨拶した者以外、おりません」

「それは、本当ですか？」

見る間に顔を曇らせた母を見て、私は不安を覚えた。

「ええ、嘘は申しません」

住職は目を瞬かせた。

「生きている者は、と言ったほうがよいかもしれませんが」

「では、亡くなられた方は？」

母の顔は、死人のように青白い。

「その方のご法名は？」

住職は粛として襟を正した。

「法名？」

母の顔に戸惑いの色が走った。

「法名はわかりませんが、俗名なら心の内に仕舞ってございます」

「お位牌は、俗名と照らし合わさねばなりません」

住職は詫びるように言った。

「……細川三郎です」

母は歯を食いしばり、声を絞り出すように答えた。

原田先生は平静を保ったまま、そっと私の手を握った。私は条件反射のように、暁鶯の腕をつかんだ。

「少々お待ち下さい」

住職は身を翻して弟子たちを集め、釈迦牟尼像の傍らにあるお供え机に向かった。そこには、位牌がずらりと並んでいた。住職と青年僧たちが、ひそひそと囁き交わす声が聞こえた。

「行くも来るも縁次第」

和尚様は口の中でそう呟きながらおもむろに母に歩み寄り、深々と腰を折った。そして

「どうぞ、こちらをご覧下さい」

と紫の袱紗に包まれたものを差し出した。

母を取り囲む私たちは、はっと息を呑んだ。原田先生だけは「いつかは直面せねばならない現実だ。きみがお母さんを支えてあげなさい」と伝えるように、そっと私の肩を叩いた。

私は「お任せ下さい」と目で応えた。

母は恐ろしいほど冷静に、ゆるゆると袱紗を開いた……中から位牌が現れた。表には「寒山鐘神」と、そして裏には「俗名　細川三郎　行年　昭和四十九年八月八日」と彫られている。母の顔は見る間に青ざめたが、またすぐに血の気を取り戻した。食い入るように位牌を見つめ、そっと口づけた。

母は父の位牌を強く胸に抱きしめた。両方の目から、熱い涙が「寒山鐘神」の文字の上に滴り落ちた。記憶の中の寒山寺を温めるように、長い時を経て再会した夫に口づけをするように……。

「ボーンッ」

天の意思か、あるいはただの偶然か……山腹の鐘楼から鐘の音が鳴り響き、長く余韻を残した。通りすがりの人が、ふと興を引かれて撞いたのだろうか？　それとも、お参りに来た参拝者だろうか？

私は息子として、母がその鐘声に何を感じたのか知りたかった。母の目には光が宿っていた。長く尾を引く鐘声をどこまでも追いかけるように、じっと耳を澄ませている。母は胸に父の位牌を抱いたまますっくと立ち上がり、原田先生のほうへ向き直ると、目を潤ませた。

「本当にありがとうございました。先ほどの長い鐘声が、私には三郎さんの呼びかけのように聞こえました……」

原田先生は労わるように応じた。

「ご位牌にも『寒山鐘神』と刻まれているように、彼はあなたの心の中ではどんな奇跡でも起こせるのでしょう」

和尚様は袈裟の袂を広げ、前へ進み出て感嘆の声を発した。

「寒山鐘神様も、これで安らかに成仏なさったことでしょう」

「蘇州寒山寺より寄贈」の文字がある立札

「南無阿弥陀仏」と四名の弟子が高らかに唱えながら、足並みを揃えお堂の中央にある蓮台へ向かった。

母は感涙にむせびながら、位牌を胸にその後に続き、釈迦牟尼像のほうへ歩き始めた。私と暁鶯も母の左右にぴったり付き添った。

ちょうどその時、極度の緊張のせいか旅の疲れのせいか、暁鶯が吐き気を覚えたように口元に手を当てた。

その様子に気づいた和尚様が、そっと彼女を母の腰かけていた椅子にかけさせた。

私は母を支えながら、気遣うように暁鶯を見た。漢方医学に通じた和尚様が、力なく座り込む暁鶯の脈を取った。

暁鶯は顔を上げ、真っ赤な顔で私に向かってＯＫサインを出した。

それは、私たち二人の「暗号」だった。妊娠の兆候があったのだ！

私は心の中で快哉を叫んだ。振り返ると、母が仏像の前に跪き、四人の青年僧の隣で頭を垂れていた。その時、また機を見計らったように、山の中腹から鐘の音が響いた。

人間というのは実に不思議なものだ。医学に頼る一方で、神仏にも祈りを捧げる。相反する二つの行為が、人生の中で交差する……それはなぜなのだろう？　科学と宗教を結びつける唯一無二の存在とは、何だろう？

……鐘声、寒山寺の鐘声だ。あの１０８回の鐘の音だ。

十三

美しい夕焼けが、多摩川を茜色に染めた。

滔々と流れる母なる川にかかる大きな橋が、また私たちの目の前に現れた。

原田先生は気持ちを奮い立たせ、先頭を切って吊り橋を渡った。その姿はまるで凱旋を果たした将軍のようだ。彼の苦心の甲斐あって母は現実を受け入れ「寒山鐘神」を胸に抱きながら、極楽の地への憧れを胸に、亡き父を想う心の旅を始めた。

新藤さんは、薄闇の中で橋を渡る原田先生をあれこれ気遣った。

私と暁鶯に両脇から支えられてはいるものの、母の足取りはしっかりしていた。母は晴れ晴れとした表情で、胸元の位牌を気にしながらも優しく嫁の手を取り「おめでた」の合言葉を囁いた。

鈴木所長は最後尾で和尚様と肩を並べ、夜の宴の相談をしていた。何気なく振り返ると、微笑む和尚様の姿が目に入った。胸元の数珠のそばに、瓢箪状のものがぶら下がっている。

あれ？　中国語では「葫芦里卖的什么药呀」つまり「瓢箪に詰めて売っているものは何か」と表現すれば「腹の中では何を考えているのか、わからない」という意味だが、和尚様は瓢箪に何を隠しているのだろう？

和尚様の後に続く四人の青年僧は、浮かれた様子で
「今夜はあれを飲もう、これを食べよう」

と言い合っている。

その会話を聞いて、私ははたと納得した。日本では明治時代に僧侶の肉食妻帯が解禁されたが、今では自由に肉や酒を口にできる。仏道に大切なのは、形ではなく精神というわけだ。古い習慣を改め、根本的な改革を打ち出すことが、社会の発展を促す大きな力になったのだろう。

橋を渡り終えて振り返ると、頭上にまた「楓橋」の文字が見えた。薄闇の中で、その文字は街灯に照らされてくっきり浮かび上がっていた。漢詩『楓橋夜泊』の幽暗たる世界とはかけ離れた光景に、私は隔世の感を禁じえなかった。

多摩川のほとりに「澤乃井」が姿を現した。

小澤酒造が経営するその庭園は、山と川に挟まれ独特の風情を醸していた。川沿いの売店では、人々が思い思いに酒を飲み、買い物を楽しんでいた。道沿いには、宴会をするのにちょうど手ごろな東屋があった。ここなら、朝晩を問わず繁盛するはずだ。

鈴木所長は勇んで前に出ると、弾んだ足取りで私たちを東屋に案内した。

気の利く所長は、さっと身を翻すと駐車場にいる運転手にも中へ入るよう呼び掛けた。

華やかな宴会場の扉が開くと、仏様のような古老がゆったりした足取りで私たちを出迎え、にこやかに席へと案内した。

「小澤と申します。本日はようこそおいで下さいました」

と古老は慈悲深い笑みを浮かべた。

「彼はこの小澤酒造の社長さんで、私の古い友人でもあります」

鈴木所長はそう言って皆に紹介すると、原田先生のほうへ向き直り、冗談めかして言った。

「そしてもちろん、飲み友達でもあります」

「気心の知れた仲間と、酒を飲むのは楽しいものです」

原田先生は偉ぶることなく、穏やかに応じた。皆、寛いだ様子で、和やかに名刺交換を始めた。

「鈴木さんのご友人は、私にとっても友人も同じです」

小澤社長は感慨深げに言った。

「今夜は、酒と禅の文化が融合する貴重な夜になりそうですね」

「それはまた、斬新な趣向だ」

と鈴木所長がすぐさま合いの手を入れた。

「きっと対岸の鐘声が、皆さんをここへ運んで下さったのでしょう」

と小澤社長は答えた。

和尚様は合掌して、一歩前に進み出た。

「恐れながら、そう仰せになる所以は?」

「この多摩川を渡ってお寺に参り、鐘を鳴らす。そして帰り道には満ち足りた気分で酒の香りをかぐ。これぞまさに、人生の楽しみと言えるのではないでしょうか」

社長はそう答えると、皆に席を勧めた。瞬く間に酒食が供された。

芳醇な香り漂う小澤酒造の美酒。

美しく食欲をそそる和食のフルコース。

乾杯を合図に、濃厚な酒の香りと共に心の内を語り合う宴が始まった。

原田先生が口火を切った。

「酒に対《むか》いては当《まさ》に歌うべし、人生は幾何《いくばく》ぞ。豪気溢れる曹操の言葉は、まさに言い得て妙ですね。先ほどの鐘声の由縁のお話ですが、和尚様の問いかけも小澤社長のお答えも、実に絶妙でした」

「鐘声に心を震わせ、酒の香りに酔う。お釈迦様のおられる世は、太平そのものですな」

と和尚様が答えると、鈴木所長が言葉を引き取った。

「その名高い酒の香りは、多摩川の水が元になっているんですよ」

「どうぞ悠久の歴史を持つ酒を、思う存分お楽しみ下さい。乾杯！」

と小澤社長が縁起の良い言葉で酒を勧め、仏様のような顔でにっこり笑った。

だが、驚いたことに、酒を勧めることについては原田先生のほうが一枚上手だった。

「ではまずはホストの小澤社長に、お手本を見せていただきましょう。続けざまに三杯飲み干すというのは、いかがです？」

「わあ！」と歓声が上がった。

ホスト役の小澤社長は意外にも穏やかな物腰で、原田先生に乾杯の音頭代わりの即興スピーチを頼んだ。

喜んで引き受けた原田先生は、すらすらと対句のような口上を述べた。

「水清く……酒香り……人温か」

「鐘声澄み……箴言冴え……万事栄える」

小澤社長はその言葉に背中を押され、続けざまに三杯飲み干すと、にっこり笑った。

盛大な拍手が沸き起こり、あちこちから乾杯の声が聞こえた。

ちょうどその時、和尚様が瓢箪の栓の外し、直接口をつけて飲んだ。新藤さんが、興味津々といった様子で尋ねた。

「おや、うまそうなものを飲んでおいでですね?」

和尚様は呵々大笑した。

「ハハッ、これは澤乃井のお酒の元になる多摩川の水です。拙僧は戒律を守るために、水を酒代わりにしておるのです」

これでようやくわかった。和尚様が瓢箪に隠しておられたのは「戒律」だったのだ。「日中仏教界友好交流交換法師」である和尚様は、いつかはまた蘇州に戻られる。その時のために、水を酒代わりにして備えておられるのだ。

だがほろ酔い気分の弟子たちが、口々に騒ぎ立てた。

「住職様、郷に入っては郷に従えと言うではありませんか」

「蘇州にお帰りにならなければ、戒律を破ったことにはなりませんよ」

「いつまでも住職様のお傍にいさせて下さい」

和尚様は瞑目して合掌し、「南無阿弥陀仏」と唱えた後、囁くように言った。

「仏心万能なりて、俗世を看破す。衆生を救済し、光明をもたらす……」

小澤社長が当意即妙にその場を収めた。

「水も酒も元は同じ。水が酒となり、酒が水となる……」

彼はそこで一旦言葉を切り、力強く言った。

「酒でも水でも、好きに飲めば良いということです」

「酒が水になる」という意味を勘違いしたのか、笑い声がさざ波のように広がった。

和やかなムードに乗って、原田先生が深遠な問いを投げかけた。

「変わって変わって、変わり続けることで人類は進化し、世の中はより良く変化してきた。では皆さん、その原動力になったのは何だと思われますか？」

「個人の頑張り」

「たゆまぬ努力！」

「発明と創造……」

「国際貿易の拡大」

「国民所得の倍増！」

そこで、誰かが拍手をした。

その拍手が終わるのを待って、原田先生は辺りを見回し、口元に笑みを漂わせた。

「ほかには?」

「…………」

原田先生は一息置いてから、おもむろに立ち上がった。二本の指を立てて「Vサイン」を作ると、威勢よく叫んだ。

「平和です!」

「おぉ!」

と皆が一斉に立ち上がった。割れんばかりの拍手が起きた。

「それはけだし至言ですね。確かに平和が一番尊い」

と鈴木さんが同意した。

「良い酒が造れるのも、平和で清い水があるからこそ」

と小澤社長も応じた。

新藤さんは

「ええ、平和は国の経済と人々の生活を支える礎ですから」

と言った。

和尚様は
「真、善、美……阿弥陀仏！」

と唱えた。

その時、運転手さんまで口を開いた。

「不安定な世の中は、いつも飲酒運転をしているようなもの……災いが次から次へとやって来る」

その時、母の体が、ぐらりと揺れた。母は私と暁鶯に支えられながら涙を浮かべ、かすれ声で言った。

「平和が失われたら……すべてを……失うことになるわ……」

原田先生が素早くやって来て、母を力づけた。

「そのとおりです。もう何も失わずにすむように、力を合わせて平和を守り抜きましょう！」

会場に、温かな拍手がいつまでも鳴り響いた……。

ふと振り向くと、いつの間にかドア付近に移動していた小澤社長の姿が目に入った。店員が差し出した伝票にサインをしているようだ。目ざとくそれを見つけた鈴木所長が、さっと伝票を奪った。

「ここは私がご馳走させてもらうよ」

「いやいや、ホストは私ですよ」

と小澤社長も譲らない。

その声を聞きつけた原田先生が、傍にいた新藤さんにそっと目配せした。新藤さんは足早に廊下に向かうと、まるで手品のように「災害義援金募金箱」を手に戻って来た。

その瞬間、部屋じゅうに満ち溢れていた優しい気持ちが、災害支援へと向かった。伝票が募金箱に投入されると……連鎖反応のように、皆がこぞってお金を入れた。

その場に居合わせた人々の善意が、一つになった瞬間だった。

清廉な政治家の面目躍如といったところだろう。

十四

二日後、週末を迎えた。

うららかな午前、原田先生みずからがハンドルを握る車で私たち一家三人は、東京から静岡県の御殿場にある「富士霊園」に向かった。母の切なる願いを叶えるために、原田先生が特別に時間を空けて下さったのだ。

青梅の寒山寺で父の死を知らされ、位牌を手にした母は、これまでにないほど穏やかな表情をしていた。死者は埋葬されれば極楽浄土に行けるという考え方がある。だが、母は位牌を手にしたものの、それだけでは納得できず、どうしても父の墓に参らなければ気が済まないようだった。

それを知った原田先生はあれこれ手筈を整え、休日を選び、側近を遠ざけてみずからの運転で迎えにやって来た。墓へ向かう道すがら、彼はおもむろにその理由を話し出した。

かつて父のおかげで工場長になれたこと、父と母の結婚の立会人になったこと、父から今際《いまわ》の際《きわ》に後を託されたこと……その恩に報いるために、何としても約束を果たしたいと語った。

助手席で聞いていた私は、じっと前を見ながら、原田先生の信義を重んじる心と困難を恐れず前へ進む原動力に感服していた。

富士霊園の広大な敷地には、厳かな気配が漂っていた。

木々の間に、西洋風の墓が立ち並んでいる。私たちは原田先生の案内で、細川家の墓にたどり着いた。側面には小さな文字で、「昭和四十九年寂　俗名細川三郎　享年七十三歳」と彫られていた。

原田先生は墓参りの作法どおりに墓を清め、花を供え、合掌して祈りを捧げた。私たちも真似をして、恐る恐る手を合わせた。

母は目に涙を一杯にため、震える手で菊の花のベビー帽を墓に供えた。

「あなた、お別れの時に星に買ってくれた帽子を持ってきましたよ……」

母はカバンから金の延べ棒を取り出し、むせび泣いた。

「あなたが、私たちのために残してくれたお金です。一つだけはどうしても手元に残しておきたくて、頑張ったんですよ。あなたにやっと、見せることができた……」

私は父母の深い愛に、胸を打たれた。脳裏に何度も繰り返し思い描いてきた光景が浮かんだ。

上海乍浦路の集中営を出てリンチを受けた後、虹口の日本租界で私たち母子に会い、私に菊の花の帽子をかぶせてくれた父。あざだらけの脚に巻いた六本の金の延べ棒をくれた父……。

私を抱いた母が、上海の十六舗埠頭で人混みにもまれながら甲板に立つ父を必死で捜したこと。両親が涙に暮れながら、ひと際目を引く菊の花の帽子だけを頼りに無言の愛を伝え合ったこと……。

そして今……富士霊園の父の墓前で、暁鶯が菊の帽子をそっと手に取り、母を見た。

「お義母さん……この帽子は生まれてくる孫のために、取っておいて下さい……」

母は涙目でうなずいた。

私は一歩前へ出て言った。

「母さんは世界一の母親だ。父さんもこれできっと安らかに眠れるよ……」

私は墓に供えた延べ棒をそっと母の手に戻しながら、言葉を継いだ。

「父さんの想いは、ずっと取っておけばいい。今までもこれからも、ずっと父さんと一緒だ……」

母はわっと泣き崩れた。

暁鶯がぎゅっと母を抱きしめた。

「お義母さん、私たちもずっと一緒ですよ」

その光景を目の当たりにした原田先生は、今にも倒れそうな母にさっと手を差し伸べた。

「大丈夫です。私たちがずっと傍にいますから」

彼はそう言うと改まった様子でポケットから古い手紙を取り出し、私に読むよう促した。

不意に激しい動悸に襲われた。すぐにでも読みたい。だが、読むのは怖かった。一瞬躊躇した後、私は口を真一文字に結び、便箋を受け取った……その刹那、緊張がふっと解け、私は口元を緩めた。黄ばんだ便箋に、力強い楷書体で書かれた文字が見えた……これは「平和」の二文字だ。

右上には小さな文字で「星へ」と、左下には「父の遺言」と記されていた。

私はそれを母と暁鶯に差し出し、重々しく
「父の遺言は、金言だ」

と言った。

「この美しい山河を守るために、代々語り継いでいこうじゃないか」

と原田先生は私の肩を抱いた。

「私にとってこの遺言は偉大なる父の愛であり、神聖なる使命であり、警世の鐘声であり、何よりも大切な遺産です」

遥かに望む富士の山は、詩情に満ちている。

山頂の澄み渡る空を、自衛隊機が三機、雲を棚引かせながら音を立てて飛び去った……。

その飛行機雲が、私の心に「金城鉄壁、永久平和」と大きな文字を描いた。

十五

その後、父の遺言と原田先生の証言をもとに、東京家庭裁判所に「就籍」の届出をし、日本国籍と「細川星」の戸籍謄本を手に入れた。それに伴い、母と暁鶯もすぐさま帰化を申し出た。中国側の手続きが終われば、帰化は許可されるはずだ。

これで私も、晴れて正式な新昭和特殊鋼研究所極秘研究室の副主任となった。我が家の定住の地である3LDKの大きな社宅で母は日々を楽しみ、食欲の増す暁鶯はどんどん「ふくよか」になっていった。

とある金曜日、私は極秘研究室で新製品に関する報告書に目を通していた。自衛や産業スパイ対策に特殊な耐圧性、貫通抵抗性、音波遮断に優れた超高性能製品の開発は、わが社のトップシークレットだ。そのため、私は一時的に来客を謝絶していた。

だが新藤さんからの電話には、出ざるを得ない。

「細川主任殿、就任早々、火水も厭わず(労苦を惜しまないこと)頑張っておられるようですね。ハハハハッ」

私も大笑いした。副主任と知りつつ主任殿と呼ぶのは彼のユーモアだ。

「いえいえ。それで、眉にまで火がつかねばいいんですがね」

「ハハハッ、細川さんはなかなか鋭い。実はその厄介な火が、本当に近づいてきているようです。信頼のおける情報筋から、某大国の諜報機関が東京にスパイを送り込んだとの知らせがありました。ターゲットはそちらの研究所のようです」

「どうやら手ごわい敵のようですね。まずはお手並み拝見といきましょうか」

「ええ。細川さんのお立場を考慮して、私からも正式にお伝えしておきます。原田先生の所属する国家公安委員会も同じ意見です。網を張って、獲物がかかるのを待ちましょう」

私はその言葉に、奮起した。

「はい。今晩二人で打ち合わせをしましょう。場所は……ご指定願えますか？」

新藤さんは一瞬間をおいて、言葉を継いだ。

「どうも『夜来香《いえらいしゃん》』という店が、怪しいようです。探ってみる価値はあるかと……」

着飾った男女が闊歩するきらびやかな東京の夜。

六本木の裏通りに、大使館が並ぶ閑静な住宅街がある。ちらちらと灯るネオンが、真っ暗な街並みを怪しく照らしていた。

新藤さんと私は何度も路地を曲がり、入口に「夜来香」とネオンサインを掲げたナイトクラブにたどり着いた。店内には、耳慣れた中国の歌がしっとりと流れていた。

「あら、永遠の青春香る夜来香へようこそ。常連さんも、新規のお客様も大歓迎よ……」

妖艶な中年女性が、香気とエスプリの利いた言葉で出迎えた。彼女は新藤さんに色目を使いつつ、私には型どおりの挨拶をした。私たちは、フロアランプが柔らかく照らすコーナー席に通された。彼女は特別なお客様から電話が入ったと告げると、いそいそとバーカウンターに戻り、甘えた声で延々と話し続けた……。

ホステスが二人きびきびと酒を運び、笑顔でお辞儀をした。

新藤さんはウイスキーをロックで飲みながら、声を潜めた。

「さっきのママさんは、黄阿珠《こうあじゅ》という名で……」

「そういえば、彼女の瞳は少し黄色みがかっていたような？」

と私は口の中で呟いた。

「彼女は、目の色を黄色にも緑にも操れる利口な人でしてね。でも私のことは小さな貿易会社の社長としか思っていませんから、安心して羽を伸ばして下さい」

「ええ、楽にさせてもらいます」

私は情報戦の初陣には、禅の心で挑むべきだろうと思った。

新藤さんがおもむろに私の耳元に口を近づけ、囁いた。

「ホステスのうちの一人は、かなり腹を割って話してくれるタイプです。年は食っていますが留学生で独立独歩、神出鬼没。毎週金曜の夜にはここにいるそうです……今日はせっかくの機会ですから、玉石混交のこの場所でどれが玉で、どれが石か確かめてみましょうか？」

私は上機嫌で答えた。

「大きな石だといいですね」

新藤さんもジョークで応じた。

「案外、岩が出てくるかもしれませんよ」

私たちはひっそり笑みを交わした。

時計の針は8時15分を指している。その時ドアベルを鳴らして、くわえタバコの中年男性が一人入って来た。

その姿を見て、私はハッとした。あれは、汪金栄じゃないか！　私はすぐさま新藤さんに目で合図した。

汪金栄はまっすぐバーカウンターに向かうと、さっと腰かけ、タバコを消して上海語で言った。

「ママ、ブランデー！」

「あら、汪さん。時間ぴったりじゃないの！」

ママは黄色い声で言うと、腰をくねらせて彼の隣に座った。話の途中でブランデーのボトルとグラスが二つ、二人の間に置かれた。

新藤さんが耳打ちした。

「二人が話している上海語はほとんど聞き取れませんが、あいつは我々がずっとスパイではないかとマークしてきた男です」

私は即断した。

「それなら、こちらから挨拶に出向きましょう」

新藤さんも諸手を挙げて賛成した。

「そうですね。異国で旧友に会えば、懐かしさのあまり、つい本音を吐くかもしれない」

私は大股でカウンターに向かうと、汪金栄の肩を叩いた。

「金栄さんじゃないですか。こんなところで会えるなんて！」

不意を突かれた汪金栄は驚いた顔で
「星か？　びっくりさせるなよ！」

と言うと、腰を浮かせて空のグラスにブランデーを注いだ。

「再会を祝して！」

一部始終を見ていた新藤さんは「我が意を得たり」とでも言いたげにニヤリと笑った。

私と汪金栄は、夜の木陰の道をぶらぶら歩いていた。時折、車のライトが、二人の脇を通り過ぎていく。

へべれけの汪金栄は呂律の回らない口調で言った。

「星、文化大革命の時は、いろいろ悪かったな。あの時は、ああするしかなかったんだ……」

私は、清々しい空気を思い切り吸い込んだ。

「もういいんです。それぞれが心の中でわかっていれば、それでいい。今日からは前を見て、肩を並べて歩いていきましょう」

私はそう言うと、格好をつけて行進するように歩いてみせた。私たち二人は、笑い崩れた。

「なぁ、頼むからお前の研究所でバイトさせてくれないか？　俺も鉄鋼業をやっているんだ。お前は、その道のプロだろう？」

汪金栄が、哀れっぽく泣きついた。

「わかりました。金栄さんの事は、私が一番良くわかっています。折を見て、上司に頼んでみますよ」

私は言葉に二重の意味を持たせつつ、心の内でほくそ笑んだ。

十六

新昭和特殊鋼研究所の所長室。テーブルに置かれた鉢植えには、影が差している。

新藤さんと並んで深刻な表情で鈴木所長の正面に座る私は、言葉を探しあぐねていた。

「……その汪金栄というのは、実に欲の皮の張った人ですね。しかし日本製鋼界の新技術を守るためには、致し方ない。ひとまず招き入れて、泳がせてみましょう」

「まさに、策士策に溺れるというやつですね」

と私が言うと、新藤さんが
「飛んで火にいる夏の虫とも言えます」

と応じた。

鈴木所長はふっと目元を和らげ、立ち上がってカーテンを開けた。窓から光が差し込み、鉢植えの花々を艶やかに照らした。


一週間後の金曜日の深夜、消息筋から寄せられた情報は次のようなものだった……。

夜来香のＶＩＰルームは、ぼんやりした明かりに包まれていた。

汪金栄がママの黄阿珠といちゃついていると、ベルが鳴り、ホステスがひょろりと背の高いシルクハット姿の男を招き入れた。

予想外の来客に狼狽えた汪金栄は
「マッケラス社長……いや、ケチラス社長じゃないですか……」

としどろもどろになった。

黄阿珠は気を利かせて、そそくさと席を外した。

「汪さん、つい先日お会いしたばかりなのに、もう私の名をお忘れですか？」

と客人は笑った。

「いえいえ、香港ではどちらの名で呼んでも構わないとおっしゃったので、そうしたまでで……」

汪金栄は苦しい言い訳をした。

「まぁ呼び方など、どうでもいい。それよりも今は、使命を果たすのが先です」

客人が帽子を取ると、金色の髪がはらりと落ちた。

「先ほどは……随分お楽しみだったようですね」

汪金栄はハッと我に返り

「失礼しました！　どうかお許し下さい」

と叫んだ。

「これまでずっと大目に見てきたつもりですがね」

「ええ、ええ、それはもちろん。ご厚情には感謝しております」

「あなたもお忘れではないでしょう……ここは実に居心地が良い……だが、もっと広い世界に出るべきだ」

「でも……外に出れば、弱肉強食の世界が待っているじゃないですか」

と汪金栄がため息を漏らした。

「だからこそ、チャンスがあるのだ」

マッケラスはポケットから札束を取り出すと汪金栄の手に押し込み、耳元で囁いた。

「昔から、『漁夫の利』という言葉がある。どれだけ利益を得られるかは、あなた次第だ……」

新昭和特殊鋼研究所の正門に、出社する社員たちが続々と吸い込まれていく。守衛室では毎日、X線による手荷物検査がおこなわれていた。

私は門の前でタクシーを降りた汪金栄に、笑顔で手招きした。

更衣室に入ると、私たちは作業着に着替えた。私物をそれぞれのロッカーに入れると鍵を掛け、キーを大事にしまい込んだ。


広大な製図室には製図板や金庫、デスク等が整然と並んでいた。職員はそれぞれ席に着くと、挨拶を交わした。静けさの中にも、張りつめた慌ただしい気配が漂っている。

私は汪金栄を部屋の隅の人目につかない場所に座らせ、いくつか資料を渡して仕事を指示した。

汪金栄は興奮した面持ちでこっくりうなずくと、機械仕掛けの人形のように腰を折った……。

十七

数日後のこと。

夜のとばりが降り、研究所の窓からも次々に灯りが消えた。

更衣室から出た私の目に、製図板と首っ引きの汪金栄の姿が映った。

「まだ頑張っているんですか。えらく熱心ですね」

「必死にやらないと、皆のスピードについていけそうにない。もう少しかかるから、今日は先に帰ってくれ」

私は満足げに彼の肩を叩き、手でOKと合図して部屋を出た。


急ぎ足で守衛室に向かった私は、そこで待ち構えていた新藤さんと目を合わせ、OKサインを出した。

私たちは取るものもとりあえず、監視カメラの画面にかぶりついた。そこには、汪金栄の姿が映し出されていた。

製図室には、汪金栄以外もう誰もいない。部屋の電気は消え、彼の傍にある製図板にだけぽつんと灯りがついている。

汪金栄は、いつの間にか私服に着替えていた。その時、彼が影のように金庫の前に移動した。

特製のピッキング道具を差し込んで何度か動かすと、扉が開いた。彼は小型ライトを手に、機密文書を次々にめくり始めた……。

監視カメラが、夜来香の店内に切り替わった。

「これは……」

と私は信じられない思いで目を見開いた。

「シッ！」

と新藤さんが画面を指さし、私に見ろと促した。

ＶＩＰルームにいる黄阿珠は落ち着かない様子で、時おり腕時計に目を走らせた。その傍のソファでは、立派な体格の西洋人のボスが悠然と葉巻をくゆらせている。煙に隠されて、その表情は伺えない。

黄阿珠は顔をしかめて煙を手で払うと、ゴホゴホと咳をした。

画面が、また研究所内に切り替わった。だが、すでに汪金栄の姿は金庫の前にない。新藤さんが素早くキーボードを叩いて撮影方向を変え、汪金栄を見つけ出した。

研究所の正門には、漆黒の闇が広がっていた。研究棟に最後まで灯っていた淡い光が、ぱっと消えた。

汪金栄は、何事もなかったかのように平然と正門に向かった。彼はふと何かを思い出したように足を止め、辺りを見回すと、くるりと向きを変え暗がりの塀に体を寄せた。

いつの間にか塀に登っていた彼は、腰をかがめてゆっくり十数歩進み、そこから飛び降りようとした。ちょうどその時、耳慣れた声が響いた。

「落ちないように、気をつけて。さあ、手を貸して……」

それは、私の声だった。守衛室から飛び出し、先回りして待っていたのだ。ザッと音がして、汪金栄が塀沿いの大木に飛び移り、そのまま木を滑り降りて風のように走り去った。私は慌てて後を追いながら、無線機に向かって叫んだ。

六本木の大使館街は、ぼんやりした闇に包まれていた。淡いオレンジ色の街灯の下を転がるように走る汪金栄を、新藤さんが必死で追いかける。その背後には、数名の警官の姿があった。

汪金栄は右側の路地に滑り込むと、追っ手がいないのを確かめ、立ち止まり喘ぐように息をついた。まさかその時正面から私が現れ、にっこり笑って

「汪金栄、設計図を出せ」

と言うなどとは夢にも思わなかったはずだ。

汪金栄は

「嘘だろ」

と言いながら、飛び蹴りを繰り出した。私はさっと体を引いて攻撃をかわすと、すぐさま応戦した。

この程度のカンフーで私に対抗しようなどとは、お笑い種だ。

子どもの頃、汪金栄と道端で喧嘩して、車にひかれそうになった。

文革の最中は、トタン板を首から下げさせられ批判された。その頃から私は、気功の修業を始めた。

私は寒山寺の鐘をいつまでも響かせ、平和を守るために両足を力いっぱい蹴り上げた。

夜空に、拳が風を切る音だけが響いた。私たちはひたすら打ち合いを続けた。

汪金栄の体力が限界に達しようとしていた。彼の目に、夜来香のネオンが飛び込んできた。極限まで追い詰められた彼は石を一つ拾い上げ、そこに投げつけた。ネオンが派手な音を立てて飛び散った。

私は素早く体をよじり、辺りを見回した。逃がすものかと汪金栄を睨みつける。

店の窓がガラリと開いて、黄阿珠が怯えた顔をのぞかせた。彼女は割れたネオンを猛然と仰ぎ見て、悲鳴をあげた。

西洋人のボスは葉巻をくゆらせながら、店の裏口からこっそりと抜け出し、目を凝らして辺りを観察した後、灰色のセダンに乗り込んだ。車は猛スピードで、もみ合う二つの人影に近づいた。

車は二人の傍に急停車し、ライトを照らした。疲れの見えた汪金栄は、それを見るとにわかに元気を取り戻し、あれこれ策を弄して車の傍へ移動した。彼が開け放たれたドアからさっと車内に身を滑り込ませると、車は脱兎のごとく走り去った。

とっさにナンバープレートに目をやった。だがそこは抜け目なく、テープで隠されていた。その時、新藤さんたちが駆けつけたが、ただ走り去る車の舞い上げる砂ぼこりを見送ることしかできなかった。

夜来香は、店じまいに取り掛かっていた。

私と新藤さん、それに警察の一行はドアベルを鳴らして、どかどかと店内に踏み込んだ。

新藤さんが黄阿珠に身分証を呈示した。

「先ほど店の外で喧嘩をしていたのは、こちらの常連客ですね。どうか捜査にご協力願います」

黄阿珠は馴染み客の新藤の顔を見ながら、おどおどした様子で答えた。

「あたしは……何にも知らないよ」

彼女は笑顔を貼りつけたまま、慇懃に招かれざる客にコーヒーを勧めた。

新藤さんはコーヒーを受け取ると、黄阿珠の後ろにあるガラス棚を指さし、砂糖入れを所望した。

黄阿珠は、あからさまに目を泳がせた。

警察官が素早く棚から砂糖入れを取り出し、新藤さんに渡した。そこには砂糖ではなく、白い粉末入りのビニールがいくつも入っていた。

新藤さんは悠々とその一つを手に取ると、ビニールを破った。舌先で中味を確かめた彼は、眉をひそめた。

「ん？　甘くない……ヘロインか」

黄阿珠は傍目にもわかるほど狼狽していた。

「あたしは知らないよ。ヤバい客が置いてったんじゃないの？」

新藤さんはさっとバーカウンターに腰かけると、指でコツコツと机を叩いた。

「そう、夜来香の客。あなたの客だ！」

私も前へ進み出て、ドスのきいた声で言った。

「素直に白状したほうが身のためだ。ママさん、下手な事を言うと、命とりになりますよ」

黄阿珠がへなへなと崩れ落ちた。

「話すってば……話せばいいんでしょ」

十八

国家の安全保障に関わる重大な事態に直面した警察上層部は、情報網と科学技術を駆使し、陸空海の各方面に捜査網を敷いた。

容疑者の逃走経路を追うだけでなく、機動力を駆使して無線機を使った録音や各所への緊急配備、航空撮影等をおこなう体制が整えられた。

現場に居合わせた当事者の一人として、私は責任をもって次の事柄を記しておきたいと思う。

千葉県内のとある廃工場。

夜闇にまぎれて、灰色のセダンがやって来た。葉巻の煙がもうもうと立ち込める車内には、大柄の西洋人のボスと汪金栄が座っている。ボスは書類袋から出した資料を叩きながら、一言一言区切るようにゆっくり言った。

「まんまと騙されたようですね。どうやら、あなたはとっくに目をつけられていたようだ」

諦めきれない汪金栄はしつこく食い下がった。

「大丈夫ですって。あの会社、東京湾にも倉庫があるって話ですし……」

その時突然、パトカーのサイレンが聞こえた。

ボスは車を急発進させた。左手をハンドルから放し、自動車電話をつかむと、矢継ぎ早に英語で指示を出した。


千葉県太平洋沿岸の九十九里ビーチラインを、灰色のセダンが猛烈なスピードで走り抜けていく。背後からは、警察車両が夜空にサイレンを響かせ怒涛のごとく追い上げる……。

爆走するボスは遥か彼方に木々に覆われた斜面を望むと、力の限りアクセルを踏み込み、さらにスピードを上げた。

斜面の頂に上がると、すぐ傍にコンテナ車が一台停まっていた。コンテナの扉は全開で、渡り板が設置されている。その両脇には、作業員が立っていた。まるで積み荷を待っているようだ。

その時、ボスが華麗なハンドルさばきで、コンテナの中に車を入れた。作業員は無言で手早く板を外し、扉を閉め「税関検査済」のステッカーを貼った。

ちょうどその時、警察車両がやって来た。灰色のセダンは忽然と姿を消していた。コンテナ車は、悠然と動き出した。警察車両はコンテナ車の横を素通りし、サイレンを響かせて遠ざかって行った。

東京港埠頭には、同じような外観の倉庫があちこちに並んでいた。

汪金栄はその時すでに、白い上っ張りに白い帽子を身に着けた出前の配員に扮していた。彼は手に弁当の容器を持ち、ある倉庫を目指してバイクで疾走していた。

そこは「新昭和特殊鋼研究所」から「特殊鋼研究所」をあえて外した「新昭和倉庫」だった。

正門の受付で、汪金栄は窓口に向かって笑顔でシューマイを差し出した。

「良かったら、熱いうちにどうぞ」

彼は片手で「福満楼《ふくまんろう》」という店名入りの岡持ちを指差し、もう一方の手で倉庫を指し示した。守衛がうなずくのを見て、バイクはブンッと音を立てて敷地内に滑り込んだ。


埠頭の倉庫街の近くに、白いセダンが停まっていた。中には、ボスが悠然と座っている。乗り換え用の車は、とうの昔に用意してあった。彼は窓を開け放ち、葉巻をくゆらせた。

汪金栄の乗るバイクは、倉庫を出てまっすぐ白いセダンのほうへ向かった。黒と赤の漆塗りの「弁当箱」を車窓から差し入れると、バイクは何事もなかったかのように走り去った。

ボスは、すぐさまバイクとは別の方向へ車を走らせた。

私と新藤さんは、やや離れた場所に停めた車の中から、静かにその一部始終を見ていた。

十九

大小さまざまな豪華客船が停泊する港区の専用埠頭。

一艘の外国船が、波にゆらゆら揺れていた。ボスはキャビンのソファにもたれ、青い目で赤黒い漆塗りの「弁当箱」をしげしげと見つめていた。たまらず蓋を開けると、中から青みがかった光沢を放つ特殊鋼が現れた。彼の口元には、抑えきれぬ笑みが浮かんでいた。

外から人の声がしてハッと我に返った彼は、慌てて「弁当箱」を仕舞った。振り向くと、白人船員に連れられた汪金栄の姿があった。ボスは満面の笑みで手招きし、機嫌よく声をかけた。

「今回は、素晴らしい働きぶりでした」

汪金栄は思いがけない褒め言葉に、舞い上がった。

「ボスのおかげです。一生ボスについていきます！」

汽笛が鳴り、船がグラリと揺れて離岸した。汪金栄はぎょっとして立ちすくんだ。

「ど……どこに行くんですか？」

「あなたに相応しい場所ですよ……ハハハッ！」

ボスは謎めいた笑みを浮かべ、ウィンクした。彼の笑い声と共に、船は波しぶきを上げて海原を駆けた。

夜の海は波が高く、靄がかっていた。

遠方の公海上には、巡回中の艦艇の灯りがちらちらと神秘的な光を放っていた。

ボスは疾走する船の操縦席から見えるその灯りを指差し、汪金栄に向かって叫んだ。

「ご覧なさい、あの艦艇が我々の楽園だ……」

その言葉を遮るように、船の両脇から急接近してきた二艇のボートが彼らの進路を阻んだ。

ボートは左右から素早く船に舫い綱を投げ込み、船同士をつなぎ合わせた。新藤さんと私、それに海上保安官数名が、さっと船に乗り移った。保安官が、転がるように船外に飛び出してきたボスに銃口を向けた。

汪金栄は予想外の事態に腰を抜かし、へなへなと座り込んだ。

ボスは目をギラリと光らせ、汪金栄を殺そうと銃を抜いた……その刹那、背後から新藤さんが飛び蹴りを食らわせ、銃を蹴り落とした。弾は大きく標的を外れ、汪金栄の肩に当たった。ボスはその混乱に乗じて、勢いよく大海原に身を投じた。

新藤さんは海に銃口を向けた保安官に手を振り、止めるよう合図した。

汪金栄は肩に流れ弾を受け、だらだら血を流していた。私はハンカチでその傷口を覆い
「自業自得だ」

と言った。

新藤さんも様子を見にやって来た。

「どうです？　命に別状はないようですね」

私は保安官から赤黒い漆塗りの弁当箱を受け取り、蓋を開けて新藤さんに見せた。

「証人も証拠も、これでばっちりです……」

新藤さんは意味深な口調で答えた。

「良かった。それが一番気になっていました」

汪金栄はがっくりとうなだれ、ひきつれた傷口の痛みに思い切り顔を歪めた。

二十

東京地方裁判所の証言台には、憔悴した様子の汪金栄と黄阿珠が並んで立っていた。傍聴席は、すべて埋まっている。一列目には、我が家の三人と新藤さん、鈴木所長らが座っていた。

裁判長が判決を言い渡した。

「本件は被告人汪金栄が国外の諜報組織の指示を受け、我が国の重要な戦略情報を不法に取得したものであり、犯行を裏付ける客観的証拠があるものと認められる。外交交渉の結果、訴えを棄却し、被告人に国外退去を命じる。被告人黄阿珠は『夜来香』店内で営利目的のために、麻薬を所持し、密売した罪で、別途判決を下す。以上。閉廷します」

私は重々しい表情で、母と妻を抱き寄せた。

新藤さんと鈴木所長は微笑み、固い握手を交わした。

二十一

横浜港は、見送りや出迎えの人々で溢れていた。

フェリー「鑑真号」に、乗客が次々に吸い込まれていく。

デッキには、旅装束の母と暁鶯が立っていた。帰化申請に必要な書類を、上海に取りに行くのだ。今まで世話になった友人や親戚に渡す沢山のお土産を抱えた二人は飛行機ではなく、大荷物を持ち込める船の旅を選んだ。それで今こうして、デッキから手を振っているというわけだ。

その時、不意に、東京入国管理局の職員二人に連れられてタラップを上がる汪金栄の姿が目に入った。

警官に引き渡された彼の手には、手錠が光っている。警官に小突かれ、おどおど歩く彼が、ふと私の視線に気づいた。彼は血走る目で私を睨みつけたかと思うと、出しぬけにニヤリと笑った……。

鑑真号はポーッと鋭い汽笛を鳴らすと、白い波を残して旅立った。飛沫の幕が渦を巻き、異物を海の底へと引きずり込んだ。

その刹那、横浜市内のどこからか教会の鐘の音が響いた。私にはそれが、あの寒山寺の鐘声のように思えた……。

東西南北鐘声遠
祈盼平和年復年
寒山春風拾得雨
洒向人間爱意暖

東西南北《とうざいなんぼく》　鐘《かね》の音《ね》遠《とお》く
年復年《ことしもまた》　平和《へいわ》を願《ねが》う
寒山《かんざん》の春風《しゅんぷう》も　拾得《じっとく》の雨《あめ》も
人《ひと》の世《よ》に　愛《あい》をもたらす

（第二部　終）

刊行によせて——

『夜半の鐘声』の歴史的意義

倉光佳奈子

この本の著者である芹川氏に初めてお会いしたのは、２０１７年の５月のこと。待ち合わせ場所のＪＲ赤羽駅の改札口で満面の笑みで迎えてくださった芹川氏は、長時間にわたって、いやな顔ひとつせず初対面の研究者のインタビューに応じてくださった。

芹川氏と私を結び付けたのは、１９８３年の新聞記事だった。ここ二十年来、戦時中および戦後、現地女性と敵国兵士等との間に生まれた子供たちの研究が、ヨーロッパをはじめ世界各地において進んできている。このような子供たちは英語で、チルドレン・ボーン・オブ・ウォー（ｃｈｉｌｄｒｅｎ ｂｏｒｎ ｏｆ ｗａｒ 戦争で生まれた子供たち）と、呼ばれている。しかし、八年も続いた日中戦争に関しては、戦時中日本人男性と中国人女性との間に生まれた子供たちに関する研究は現時点では存在していない。

このような背景の下、欧州連合の支援により、チルドレン・ボーン・オブ・ウォーの研究ネットワークが２０１５年に結成された。私はこのネットワークの一員として、日中戦争中および戦後直後に日本人の父親と中国人の母親との間に生まれた子供たちの研究を行うこととなり、日本と中国でインタビュー対象者を探し始めた。このような「日中戦争で生まれた子供たち」の呼称は存在しないため、私はまず国会図書館で、少しでも関係のありそうな新聞記事を検索しては、ひたすら目を通していった。その時目にしたのが1983年5月4日付けの毎日新聞の新聞記事だった。

その記事には、旧日本軍少将であった父親と中国人の母親との間に1944年に誕生した芹川氏のことが書かれてあった。当時浙江省在住の新進劇作家であった芹川氏が、初めて父の祖国である日本を訪れ、実に三十八年ぶりに日本人の父親と墓前で対面したという。そして、「父の祖国と中国との文化交流の架け橋になる」という強い思いから、魯迅の作品に取り組んでいた日本の劇団に舞台指導に出向いたということも書かれてあった。

何とかして芹川氏に会いたいと考えた私は、この劇団の情報を頼りに元劇団員の方々にメールをしてみた。その結果、１９８７年に父祖の国である日本に移住した芹川氏に幸いにも連絡がつき、お会いすることができたのだ。

インタビューに応じてくださった芹川氏は一貫して前向きだった。今までも、どんな苦難も「前へ、前へ」という原動力に変えて来られたのだと強く感じた。インタビューは日本語で行われ、その語彙力からも、芹川氏の明るさの裏に隠れた長年の努力と強い知的探究心が垣間見られた。

インタビューで特に印象的だったのは、芹川氏がおもむろに差し出したメモに書かれてあった「戦争の幸運児」という、自らを形容する言葉だった。中国で「敵の子」、「日本人の子」として文化大革命の嵐の中を生き抜いた芹川氏に「幸運」と思わせるものは一体何なのだろうか。もちろん、持ち前の明るい性格なども影響しているだろう。しかし、そのヒントがこの自伝を基にした『夜半の鐘声』の中に描かれているように思う。

日本の侵略戦争により、中国において多くの無辜の市民が命を落としていった中、戦争は両国の男女の出会いももたらした。戦時中という極限状況下では、どんなに愛し合っていたとしても敵国男性と現地女性の恋愛・結婚には相当な覚悟が必要であったに違いない。『夜半の鐘声』に描かれている主人公の両親の物語は、芹川氏が実際に母親から聞いてきた戦時中のラブストーリーと数々の父親にまつわるエピソードに基づいている。

戦後、単身引き揚げなければならなかった父親は、芹川氏の人生のほとんどの間不在であった。しかし、愛情溢れる母親の語りによって、芹川氏の心の中に父親はしっかりと生き続け、自尊心を育み続けてきた。その自尊心が、自らの道を切り拓く鍵となり、ひいては、父の国である日本に永住することを決意させるに至ったのではないだろうか。愛情を注いでくれた母親と、そして、想像の中の父親と、良好な関係を築き上げてきたからこそ、過去の苦難の恨み節など微塵も口にせず、自らを「戦争の幸運児」と言い切れるのではないだろうか。

そんな芹川氏は『夜半の鐘声』の構想を長年温めてきた。前述した三十七年前の新聞記事の中でもすでに、自分をモデルにした反戦劇の脚本を書きたいと述べていた。そんな彼の労作が戦後七十五周年を迎える今年出版されることは非常に感慨深く、大きな歴史的意義があると考える。

当時三十九歳であった芹川氏が新聞記者に語った「父の祖国と中国との文化交流の架け橋になる」という誓いは今も全く色褪せていない。この作品を通して、日中戦争で生まれた子供の人生に光が当てられ、日中の歴史・文化への理解が深まることを願ってやまない。

二〇二〇年三月十五日

倉光佳奈子（歴史研究家）

■寄稿者紹介

倉光佳奈子（くらみつ・かなこ）

１９７７年生まれ、神奈川県川崎市出身。１９９９年青山学院大学国際政治経済学部より学士号、２０１３年フィンランドのトゥルク大学東アジア地域研究学部より修士号取得。

会社員、日本語教師などの職を経て、２０１５年より、欧州連合の支援の下に結成されたチルドレン・ボーン・オブ・ウォー（ＣＨＩＢＯＷ）ネットワークに研究者として参加。現在、イギリスのバーミンガム大学歴史学部博士課程に在籍中。日中戦争中、および戦後まもない頃、中国において日本人男性と中国人女性との間に生まれた子供たちの経験とアイデンティティについて研究している。

向かって左が倉光佳奈子氏。インタビュー後に本書の著者と記念撮影。

戦争は幾多の惨禍や不幸を人々にもたらした。しかし――
愛があれば、そのままで終わることはないと信じている。

夜半の鐘声

2020年6月30日　初版第1刷発行

著　　者　芹川維忠
発 行 人　檜森雅美
発 行 所　アーク・コミュニケーションズ出版部
〒162-0843　東京都新宿区市谷田町2-23　第2三幸ビル
http://www.ark-gr.co.jp
発 売 所　ブックウェイ
〒670-0933　姫路市平野町62
TEL.079（222）5372　FAX.079（244）1482
https://bookway.jp
印刷・製本　小野高速印刷株式会社

ISBN978-4-86584-462-7　C0093